池波正太郎・梅安の旅

❖取材アルバムより

撮影＝但馬一憲

大磯の海岸にて

梅安の生地となった藤枝の駅前にて

藤枝の瀬戸川の堤を歩く

京都、古いつきあいの書店にて

昔のままに保存されている妻籠宿にて

ツバメは子育ての最中だった

うたたねの犬に話しかける

妻籠宿の昼下がり

「あゝ、ここは気に入った」と一休み

妻籠宿、夕方の散歩

馬籠宿、旅の乙女たちとすれ違う

湯河原の宿、機嫌よく梅安を語る

講談社文庫

新装版

梅安冬時雨

仕掛人・藤枝梅安（七）

池波正太郎

講談社

目次

新装版

梅安冬時雨

仕掛人・藤枝梅安（七）

梅安冬時雨《ふゆしぐれ》

鰯雲《いわしぐも》

一

風は絶えていた。

大川の空に、赤い月が浮いている。

この年の夏も終ろうとする或日《あるひ》の夜ふけのことであった。

舟に乗っている客が、舌打ちをして、

「まったく、毎晩のように、これだからたまらない。夜になると風が落ちてしまうのだから
……」

忌々《いまいま》しげに、つぶやいた。

「まったくどうも、たまったものじゃあございませんね」

愛想よく調子を合わせた船頭は、彦次郎《ひこじろう》である。

客と二人きりの小さな舟であった。

客は、小網町《こあみちよう》三丁目の線香問屋・森田屋作兵衛《もりたやさくべえ》という中年男で、今夜は、浅草の橋場《はしば》にある不二楼《ふじろう》という料理屋で宴会があったらしく、日本橋の思案橋《しあんばし》のたもとの船宿《ふなやど》〔遠州屋《えんしゆうや》〕から、小舟を迎えによこさせたのだ。

この船宿は、森田屋作兵衛がなじみの店であった。

その舟宿の船頭として、彦次郎が迎えにあらわれたのである。

不二楼の舟着場へ舟を着けた彦次郎へ、森田屋が、

「おや、いつもの船頭さんじゃあないね」

「へい。旦那が、ごひいきの松吉《まつきつ》つぁんが、急に腹痛《はらいた》を起しまして、今日は休んでおりますんで」

こたえた彦次郎の声は、落ちつきはらっていた。

「そうか、それじゃあ仕方もない」

森田屋作兵衛は、いささかも疑念を抱かなかったようだ。

大川の遠くの方で、船頭の舟歌がきこえている。

森田屋が、また舌打ちをして、扇子をつかいはじめたとき、

「あ……」

と、彦次郎が、独《ひと》り言《ごと》のように、

「おかしいな」

「何が、どうした？」

「へい。妙な水音がきこえましたので」

「水音？」

「人が落ちたような……」

「いや、わしの耳には、きこえなかったが……」

「さようでございますか」

「お前さんの空耳《そらみみ》だよ」

「いえ……あ、人が浮いています」

「捨てておきなさい」

「ですが、みすみす……」

「そんなことには関《かか》わり合わぬほうがよい」

「あ、こっちへ流されてきます。あっ、沈みました、沈んでしまいました」

彦次郎は舟を寄せようとした。

「ほうっておき。後が面倒だよ」

森田屋は、人がちがったように、冷めたい声でいった。その顔をちらりと彦次郎が睨《にら》んだが、森田屋は気がつかない。

そのとき、沈んだと見えた人が、ぬっと川面《かわも》に頭を出した。

「おっ、こっちだ、こっちだ」

舟を寄せる彦次郎を振り返って見た森田屋が、舌打ちを鳴らした。

こうなれば、助けるよりほかに仕方がない、と、森田屋も考えたらしい。

「さ、こっちだ。舟縁《ふなべり》へつかまれ」

彦次郎の声を聞いた森田屋が、露骨に嫌《いや》な顔をした。

大川の水中から、にゅっとあらわれた二本のふとい腕が、舟縁をつかんだ。舟が少し揺れた。

森田屋が、また舌打ちをした。

すると、舟縁をつかんだ二本の腕が、舟縁をつたわるようにして、森田屋作兵衛へ近づいて行くではないか……。

それを凝《じっ》と見ていながら、彦次郎は何もいわぬ。

森田屋も顔を横に向けていて、気にとめないらしい。

その森田屋の、すぐ傍へ二本の腕が近寄ったとおもったら、水音をたてて、水中から男の上半身が浮きあがった。坊主頭の大男である。

大男は裸体で、口に何か細く光るものを銜《くわ》えている。

さすがに気づいた森田屋作兵衛が腰を浮かせた。その腰から股のあたりへ腕を伸ばした大男が物もいわずに、森田屋の躰《からだ》を抱き、もろともに、仰向けになって大川へ沈み込んだ。

「あっ！」

それは、森田屋の悲鳴も、ほとんどきこえぬほどの、間《かん》、一髪《いっぱつ》の出来事だったといってよい。

小舟は、大揺れに揺れた。

彦次郎は、川面に眼を配っている。

遠くに、荷舟が一つ、ゆっくりと通っているだけであった。

大男は、藤枝梅安《ふじえだばいあん》である。

抱きかかえて、再び水中へもぐった梅安が、口に銜えた仕掛針《しかけばり》で森田屋作兵衛の一命をうばったことはいうまでもない。

間もなく、梅安の頭が浮きあがってきた。

「あ、梅安さん」

「彦さん、ありがとうよ。おかげでうまくいった」

「ま、舟へあがりなせえ」

「今夜は暑い。泳いで行くよ。品川台町《しながわだいまち》で待っている」

「いいともね」

二

線香問屋の主人・森田屋作兵衛について、藤枝梅安は何も知らぬといってよい。

梅安は、この仕掛けを、六年ほど前に、薬研堀《やげんぼり》の料理屋・草加屋金蔵《そうかやきんぞう》からたのまれ、引き受けた。例によって、草加屋金蔵を信頼した上でのことだ。

草加屋は、料理屋としても、江戸で名の通った店であった。

そのとき、草加屋金蔵を、梅安に引き合わせたのは、ほかならぬ音羽《おとわ》の半右衛門《はんえもん》である。

「ま、この仕掛けを引き受けるのも断わるのも、お前さんの一存だが、草加屋金蔵さんという人は、むかしからのつきあいで人柄はよくわかっている。いうことに嘘《うそ》はない人ですよ」

と、音羽の半右衛門は梅安にいった。

草加屋金蔵は、半右衛門そっくりの人物で、躰は肥っていたが、口のききようから顔つきまで、半右衛門にそっくりであった。金蔵は、仕掛けについて、くどくどと申したてなかった。

「線香問屋の主《あるじ》を仕掛けるなぞ、妙なことにおもわれるでしょうが、あの男は、この世に生かしておいてはならない男なのです。どうか一つ、お願い申しますよ、梅安さん」

たのまれてから、梅安は、彦次郎のたすけを借り、森田屋作兵衛の裏面を探《さぐ》ってみたが、
それについて、ことさら本篇では、くわしくのべるまでもあるまい。

まさに森田屋は、

「一日、生きていれば、それだけ、悪事を積み重ねて行く男……」

だったのである。

「森田屋の仕掛けが終れば、おれには何処《どこ》にも義理やしがらみが残らなくなる。早く、この仕掛けを片づけてしまい、さっぱりとしたい」

梅安は、この夏に入ってから、しだいに決意をかためはじめたようだ。

あの鵜《う》ノ森《もり》の伊三蔵《いさぞう》が、女装し、藤枝梅安を襲ってから、まだ半年もたっていない、同じ年の夏も去ろうとしていた。

あの一件で、白子屋《しろこや》菊右衛門《きくえもん》一味は、ほとんど、姿を消したり、あの世へ旅立ったりしたが、

(これで、すべて終ったとは、どうしてもおもえぬ)

と、藤枝梅安は、ひそかに考えている。

少なくとも、浪人剣客の三浦十蔵《みうらじゅうぞう》だけは、

(私への恨みを忘れてはいまい)

このことであった。

十蔵は、いきなり、梅安宅へ押し込んで来て、梅安へ斬りかかった。あのとき、小杉十五郎《こすぎじゅうごろう》が飛び込んで来なかったら、梅安の一命はなかったろう。

三浦十蔵は、十五郎の一刀に顎《あご》を切られ、傷を受けたまま、逃走した。あれから、江戸では見かけないが、きっと何処かで生きているだろう。

(そのうち、きっと、江戸へ舞いもどって来るにちがいない)

梅安は、そうおもっているし、小杉十五郎も、そのときの覚悟をしているらしい。十五郎は、このところ江戸をはなれず、品川台町の梅安宅へ泊り込んでいる。それというのも、十五郎は十五郎なりに、梅安の身をまもるつもりなのであった。

「ともかくも、彦さん。おれは、しばらく江戸をはなれる」

その夜おそくなり、品川台町の家へ帰って来た梅安がいった。

小杉十五郎が豆腐を井戸水で冷やしておいてくれ、それと小ぶりの茄子《なす》だけが酒の肴《さかな》であった。

というのも、南日本橋・松屋町の薬種屋〔啓養堂《けいようどう》〕の主人、片山清助《せいすけ》の躰は、梅安の治療によって、ほとんど回復したが、この夏の暑い盛りを江戸にいたのだから、かなり疲れが出て、また、足のぐあいが悪くなってきた。

そこで、かねてから梅安がおもっていたように、

「涼風《すずかぜ》が立ったなら……」

片山清助夫婦を、熱海の温泉《ゆ》へ連れて行き、ゆっくりと保養させるのが、梅安の大きな目的である。ゆえに、梅安は今度の仕掛けを急いだのだ。

二つの小舟は、彦次郎が、品川の宿外《しゅくはず》れにいる漁師から借りて来て、梅安と綿密な打ち合わせをおこない、別々に大川へ漕《こ》ぎ出したのであった。

「それにしても、梅安さんの腕力《うでぢから》にはおどろいた。舟縁から腕を伸ばしただけで、森田屋の躰が浮きあがってしまったものねえ」

彦次郎は燗《かん》をつけた酒を旨《うま》そうにのみながら、

「治療のほうも、どうやら一段落したようだし、まあ、ゆっくりと骨やすめをしておいでなせえ。今年は、この春からずっと梅安さんも、大変だったからねえ」

「彦さんも、よく、たすけてくれた。それに小杉さんにも、このいのちをたすけてもらった」

小杉十五郎は、苦笑を洩《も》らしたのみだ。

彦次郎が、

「そうときまったら、留守番は小杉さんと二人ということですね」

「うむ」

十五郎は、うなずいて見せ、

「当分は、旨いものが食べられそうだな」

と、いった。

「だが小杉さん。気をつけて下さいよ」

「あの剣客浪人のことかね？」

「ええ、そうです。あいつのことだけは、妙に気になる」

「私もだ、梅安さん」

「あいつは策も探りもしない。ふっとおもいついたら、すぐに飛び込んで来ますからね」

「そうらしいな」

「彦さんも寝るときはそこの押入れで寝てくれ。あそこなら、壁を外して、戸外《そと》へ逃げられるからな」

「ええ、そうしますよ」

素直に、今夜の彦次郎はこたえた。

溶《と》き芥子《がらし》をつけた茄子を、ぷっつりと嚙み切った梅安が、

「こんなものが、どうして旨いのだろうね」

「長い間かかった仕掛けをすませた後だからでござんしょうよ」

「ふ……」

「あの森田屋は、たしかに嫌なやつだ。大川で、お前さんが浮きつ沈みつしているときに、

捨てておけといった。その声は人間のものとはおもえなかった。ああいうやつは、やはり、死んでもらったほうがいい」

「彦さん。私は明日、音羽の半右衛門元締《もとじめ》のところへ、ちょいと挨拶《あいさつ》に行って来る。後をたのむよ」

「ようござんす」

何とおもったか彦次郎が坐り直し、神妙な声で、

「ひとつ、梅安さんに、お願いがあるのですがね」

「何だね？」

「ようござんすか、笑っちゃあいけませんよ」

「ああ、笑わない」

いつになく、あらたまった声で語りはじめる彦次郎の顔を、梅安は、まじまじと見つめている。

庭で、虫が一つ、鳴きはじめた。

三

同じ夜の、そのころ、京の町には雨が降りけむっていた。

そこは、高瀬川《たかせ》・四条上ルところにある料理屋〔平長《ひらちょう》〕の奥座敷であった。

雨で、鴨川《かもがわ》の水が増え、川の音と雨音が一つになり、座敷の中にこもっている。

男がふたり、酒を酌みかわしていた。

一人は、三十八、九歳に見える浪人で、顎から左の喉《のど》もとにかけて刀痕《とうこん》がある。三浦十蔵その人であった。

一人は、白子屋菊右衛門亡き後、白子屋の縄張《なわば》りを一手に握った切畑《きりはた》の駒吉《こまきち》である。

切畑の駒吉は、五十そこその男で、風貌《ふうぼう》も口のききようも物やわらかで、それでいて、いくらでも酒を飲む。

この〔平長〕という料理屋は、駒吉が大坂から京へ来るとき、いつも泊るところで、駒吉は、妾《めかけ》のお長《ちょう》に店を経営させている。

三浦十蔵の傷も、切畑の駒吉が、

「大坂には、いい先生がおるで」

外科医の星野《ほしの》宗悦《そうえつ》にたのみ、再手術をしたものだ。傷口を縫い直したいまは、傷痕が前よりは、いくらか目立たなくなってきている。

十蔵は、そろそろ、江戸へもどるつもりになっていた。

だが、それには少なからぬ金が要る。

この前のときは、自分ひとりで、梅安宅へ斬り込み、

「しめた‼」

と、おもうほどに、梅安を追いつめたが、何者とも知れぬ男（小杉十五郎）が飛び込んで来て、十蔵は梅安を殺し損ねたばかりでなく、却《かえ》って、重傷を負ってしまったのだ。

（おれが、あのときのことを忘れぬと同様に、藤枝梅安も、おれのことを忘れてはいまい）

十蔵は、そうおもっている。

だから、今度、江戸へもどるとしても、以前のときのように、自分ひとりきりで、梅安を討つことはできまい。

梅安ほどの男だから、充分に備えをし、注意をおこたらぬはずだ。ゆえに、三浦十蔵としても、自分の手足となってはたらく者を使わねばならぬ。そして、梅安の身辺を探った上で、接近しなくてはならぬ。それには何といっても金が要るのである。

切畑の駒吉は、

「まとまった金《もの》をさしあげましょうよ」

と、いった。

むろんのことに、その金をもらうためには、三浦十蔵が相応のはたらきをしなくてはならぬ。

この夜、二人が語り合っているのは、そのことについてであった。

切畑の駒吉が十蔵にたのんだのは、やはり仕掛けについてであった。それによると、つづけざまに、大坂と京で、二組《ふたくみ》の仕掛けを、十蔵がやることになる。一組は、三人連れの侍たちで、これは京で仕掛ける。一組は町人で、これは半月ほど前に、大坂郊外で仕掛けを終えていた。

この二つの仕掛けが成功したときには、合わせて二百両もの大金を駒吉がよこすというのだから、相当な大仕事といってよいだろう。

「これには、大坂と京の町奉行所が絡《から》んでおりますのや」

切畑の駒吉は、そういった。

「ことに、侍三人は腕がたちます。これは、ぜひとも三浦先生に仕掛けていただかなくては……」

「よろしい。引き受けた」

即座に、十蔵は承知をして、半金の百両を、いま、受け取ったばかりである。

千住大橋《せんじゅおおはし》・南詰にあった舟宿〔笹屋伊八《いはち》〕も、伊八が死んでからは人手にわたり、旧白子屋一味の江戸における基地は、すべて、なくなってしまったわけだが、

「なあに、おれにも少しばかり心づもりがある。何としても、江戸で、お前さんをたすけよう。あの藤枝梅安という鍼医者《はりいしゃ》は、おれにとっても憎いやつだ。白子屋の元締が梅安の手にかかって死になすってから、白子屋一味がどれだけ、ひどい目にあってきたか、ことばにはつくせねえ。おれだって、何としても、父親同様の、白子屋の元締の敵を討ちたいのや」

切畑の駒吉は、急に饒舌《じょうぜつ》となり、亡き白子屋の跡目《あとめ》を切りまわすための苦心を、しきりに弁じたてた。

それを、三浦十蔵は白けたおもいできいている。

切畑の駒吉という男は、血も泪《なみだ》も無縁の男だということを、十蔵は、よくわきまえている。故白子屋菊右衛門には及びもつかぬ男だ。

駒吉は手を叩いて仲居をよび、酒をいいつけてから、

「三浦先生。もっと、のんでおくんなせえよ」

「明日は仕掛けの日だ。もう、やめておこう。手引きだけは抜かりなくたのむぞ、よいな」

「さっきはなしたとおり、寸分の隙《すき》もなく、手引きいたしますよ。それよりも先生」

「うむ?」

「後で、若い、いい女《の》が此処《ここ》へ来ます。いいようにして下せえ」

「女なんか、要らん」

「でも、京の女の肌身も、しばらくは抱けねえ」

「女は、ほしくない。面倒だ」

「先生……」

「だが、今夜は、此処へ泊めてもらうぞ。明日も此処から出ぬようにするつもりだから、連絡《つなぎ》は此処へたのむ」

「それは好都合や」

「おれは、その侍たちを斬った足で、そのまま江戸へ向う。後金は……そうだな、この店へあずけておいてくれ。いいか？」

「お長に、あずけておきますよ。安心して下せえ」

「梅安に……」

と、いいさした、三浦十蔵の眼が据《す》わって、白く光った。

「先生。梅安が、どうしたので？」

「なに、今度は逃さぬということよ。この三浦十蔵の仕返しが、どんなものか思い知らせてやる」

ぴかり、と稲妻《いなずま》が光ったとおもったら、張り裂けるように雷が鳴った。

「先生。いま、女が……」

「女はよいといったではないか。それよりも、腕のよい按摩《あんま》をたのむ。いや何、傷を受けてから、按摩が癖《くせ》になってしまってな。これなら、いくらでも相手ができる。ふ、ふふ……」

四

三浦十蔵は、翌夜、京を発って江戸へ向った。

三人の侍は手強《てごわ》かったけれども、十蔵は見事に斬った。

東海道を江戸へ向う十蔵の足取りは、自信にあふれているかのようであった。

京から江戸までは、百二十五里二十丁である。常人なら半月かかる行程だが、十蔵は、その夜のうちに近江《おうみ》の草津《くさつ》まで一気にすすんだ。

そうして、十蔵が箱根の山を越えて小田原の宿へ入った前日に、片山清助夫婦につきそった藤枝梅安が小田原へ着いた。

ほんの一日ちがいで、まかり間ちがえば、三浦十蔵は梅安の姿を街道で見たやも知れぬ。

片山清助とお芳《よし》の夫婦を道中駕籠《どうちゅうかご》へ乗せ、梅安は笠もかぶらず、これにつきそっていたのである。

十蔵は、梅安を見かけたら、いささかのためらいもなく、襲いかかったにちがいない。そうなれば、この物語の展開も、おのずから、ちがってきたろう。

翌日、梅安一行は、小田原から熱海への道をすすんだ。

十蔵は、小田原に泊った翌日、東海道を江戸へ向う。ここから江戸まで、わずか二十里二十丁ほどだ。

切畑の駒吉は、十蔵に、

「江戸へ着いたら、ともかくも、先ず、三ノ輪《みのわ》の質屋・富田屋へ行き、この手紙をわたして下せえ」

と、いった。

富田屋は、この前にも、切畑の駒吉が連絡所にしていたところだ。駒吉は、すでに手配をすませてあるらしい。

（よし。ともかくも行ってみようか……）

この前のときは、ろくに富田屋へ行かなかった十蔵だが、今度は何かと相談をするつもりなのだ。

（先ず、おれの手足ともなって、はたらいてくれる、気のきいたやつを見つけなくてはならぬ）

それでなくては、梅安宅を探ることができぬ。

それに、十蔵自身が落ちつく〔巣〕を見つけなくてはなるまい。この前は千住の船宿〔笹屋伊八〕方を利用したが、いま、白子屋の一味だった伊八は、この世の人でない。

（そうだ。笹屋に、おしまという女中がいたな。気のきいた女で、あれは伊八が手をつけていたらしいが、することに、いささかも隙がなかった。あの女はどうしたろう？　あの女なら、もとは白子屋一味だし、万事に役立つだろう）

三浦十蔵は、ふっとおもい出したが、

（どうしたら、あの女につなぎをつけることができるだろう。何処に住んでいるのか、おれは、それも知らぬ）

何でも父親だか叔父だかが、浅草のほうにいると耳にはさんだおぼえがあるけれども、たしかなことではない。

（そうだ。あの女がよい。何とか、おしまの行方を突きとめたいものだ。それには先ず、笹屋の近辺へ行き、おしまのことを聞き込むより仕方はあるまい）

そこまで考えをまとめたとき、三浦十蔵は、相模《さがみ》の戸塚《とつか》の宿まで来ていた。戸塚から江戸までは、わずか十里半である。

三浦十蔵は、その夜、程ヶ谷宿《ほどがやじゆく》へ泊り、翌朝、旅籠《はたご》を出て江戸へ向った。江戸まで八里半である。

同じ日の昼下りに、おしまが品川宿へ姿をあらわした。

品川といえば江戸も同然、東海道の第一駅で、日本橋まで、わずか二里にすぎない。

この品川の歩行新宿《かちしんしゆく》三丁目の西側に、煮売り屋の久次郎《きゆうじろう》という男が住んでいる。煮売り屋を兼ね、小間物も商ない、なかなか繁昌《はんじよう》をしている。女房お金《きん》との間に子はなかった。

この久次郎は、音羽の半右衛門の手の者で、おしまが叔父ということにしてある勝平とも親しい間柄だ。

久次郎は四十を一つか二つ出たばかりで、昔から病気知らずの男であったが、何だか、このところ躰のぐあいが悪く、寝込んでいると聞いた勝平が、

「ちょいと様子を見て来てくれ。次第によっては、音羽の元締へお知らせしなくてはならね

え」

見舞い金をもたせ、おしまを品川へさし向けたのだ。

「そいつは、わざわざすまなかったねえ、おしまちゃん。何、もう大丈夫、このとおりだ」

久次郎は、床《とこ》ばらいをして、元気にはたらいていた。

「まあ、おしまさん。久しぶりですねえ」

小柄な久次郎の女房お金が、おしまを店先きにつづいた一間《ひとま》へ招き入れ、すぐに湯のみ茶わんへ冷酒を汲んで出した。

「さ、お茶がわりに」

「あら、こんな……」

女でも、おしまは、茶よりも冷酒のほうがよい。

茶わんの酒を一口のんだ、おしまが、

「いいお酒」

といって、眼を街道の方へ移して、はっとなった。

江戸を出る人、入る人で品川の東海道は雑踏している。もっとも、この時刻だと江戸へ入って来る旅人のほうが多い。その旅人の中に、おしまは、三浦十蔵を見た。

十蔵は、灰色の絹《きぬ》の布を顎から喉《のど》のあたりに巻きつけて傷痕を隠し、浅目の笠をかぶり、その笠の緒で、絹の襟巻きを結びとめていたが、顔の下半分は見える。いや顔よりも躰だ。

筋骨が引きしまった三浦十蔵の見事な体軀《たいく》を、おしまは忘れていなかった。

笹屋にいたころ、おしまは十蔵とろくに口をきいたこともなかったが、

（この人は、きっと腕がたつ）

と看ていた。

梅安や小杉十五郎とのいきさつを知らぬおしまは、突然、江戸から消えてしまった十蔵のことを気にしていただけに、一目でそれとわかったのであろう。

「ちょいと久次郎おじさん……」

「どうした？」

「いま、前を通って江戸の方へ行ったお侍を……」

いいつつ、おしまが久次郎の袖《そで》をつかみ、街道へ飛び出した。

三浦十蔵は、肩幅のひろい後姿を見せ、速い足取りで品川宿を出て行く。

「あの侍かえ？」

「ええ。何処へ行くか、後を尾《つ》けておくんなさい。私は顔を見知られているから……」

あわただしく、金をわたし、おしまが、

「病後のおじさんに、こんなことをたのんで、すみませんねえ」

「何、いいってことよ」

前かけを外し、軒に吊してあった菅笠を素早く手に取って、久次郎は十蔵の尾行を開始し

た。

五

その日の夜になってから、勝平が音羽の半右衛門宅へあらわれた。

「ほう。病みあがりの久次郎が、そんなに、はたらいてくれたのか……」

半右衛門の宅は、音羽九丁目にある料理茶屋〔吉田屋〕であって、これが半右衛門の表の稼業だ。裏へまわれば、江戸の暗黒街で、屈指の巨頭といってよい半右衛門なのである。

「それで、三浦十蔵は何処へ行ったのだ?」

「はい。芝の南新網町《みなみしんあみちょう》にある、大野屋《おおのや》という宿屋へ泊ったそうでございますよ、元締」

「ふうん。どうせ一時《いっとき》の泊りだろうが、後は、わしが引き受けたよ」

いいながら、半右衛門が硯箱《すずりばこ》を引き寄せ、墨をすりはじめた。半右衛門は、梅安を殺しに行った三浦十蔵が、小杉十五郎に顎を斬られたことを、梅安に聞いて知っている。

そして、梅安が、片山清助夫婦につきそい、熱海へ行ったことも心得ていた。

だから、十蔵が江戸へあらわれたことを熱海の梅安へ知らせておいたほうがよいとおもって、手紙を書いたのである。

半右衛門は、信頼している手下の半田の亀蔵をよび、

「この手紙を、熱海の角兵衛《かくべえ》の湯という宿に泊っていなさる、梅安先生にわたしておくれ。駕籠《かご》をつかってもいいから、急いで届けておくれ」

「承知いたしました」

「十蔵は、まさしく、仕返しをするために、江戸へもどって来たに相違ない。十蔵からも目をはなせねえな」

すぐに半右衛門は、市太郎《いちたろう》という若者をよび、

「勝平爺《とっ》つぁんから、はなしを、よく聞いてくれ」

と、座敷から出て行き、酒の仕度をいいつけ、すぐにもどって来た。

「元締。今夜、これから発ちますでござんす」

という半田の亀蔵へ、半右衛門が、

「まあ、急ぐといっても、そんなに急《せ》かなくてもいい。明日の朝、お発ち」

「元締。いっそ、その三浦十蔵というやつを、こっちの手で始末してしまったらいかがなものでで？」

「ふん。それができるようなら、お前に、わざわざ熱海まで行ってもらうこともないのだよ」

「そんなに、凄《すご》いやつなので？」

「凄いも凄い。梅安先生が、あやうく斬り殺されるところだったのだよ」

「えっ……」

さすがに、亀蔵も顔色を変えた。

半田の亀蔵が大急ぎで熱海へ着き、半右衛門の手紙をわたすと、これを読むうちに、藤枝梅安の顔色も変ってきた。片山清助夫婦は別の部屋にいる。

「彦さんが、あぶない」

おもわず、梅安がつぶやいた。

彦次郎は、いま、品川台町の家にいるが、梅安のかわりに、急ぎの患者の面倒もみている。

鍼は打たぬが、指圧の要領は、すっかりおぼえた彦次郎だ。

これは片山清助の治療を梅安がおこなったとき、躰のツボを彦次郎に教え、ならいはじめたのが始まりであった。

梅安が熱海へ行くと聞いて、彦次郎がかたちをあらため、

「お願いがあるのですがね」

そういったのは、このことであった。

梅安がいないとわかっている患者ならともかく、急に足や腰の痛みをおぼえて、あらわれる患者がいるし、いまの彦次郎なら、一時しのぎの治療もできるようになった。自信もある。梅安にしても、彦次郎が役に立ってくれるなら、それにこしたことはない。

しかし、三浦十蔵が品川台町の家を探りに来て、患者が出入りする様子を知ったなら、梅安が在宅しているとおもうであろう。

(あいつは、探りも仕掛けの手段もない。そのときの気分しだいで、いきなり、斬り込んで来るやつだ)

今年の春、突然に、庭から襲いかかって来た十蔵も、まさにそれであった。

あのとき、小杉十五郎が偶然に旅先から帰って来なかったら、いまごろ、梅安は、この世の人ではなかったろう。彦次郎だったら、どうしようもあるまい。

小杉十五郎がいてくれるので、安心といえば安心だが、十五郎とて、彦次郎のそばにつきっきりでいるわけにはまいらぬ。

藤枝梅安は、手紙を半田の亀蔵へ托し、品川台町へ届けてもらおうかとおもったが、

「いや、これは私が、いったん江戸へもどったほうがよい」

「なんですねえ、先生。何でも御用をいいつけて下さいまし」

「音羽の元締のところの人を、そんな便利につかうわけには……」

「うちの元締は梅安先生を、身内同様におもっていなさいますぜ。いえ、こいつは、ほんとうのことなので。現に、三浦十蔵には見張りを出していなさいます」

「すまぬ。これは元締に関わり合いのないことなのに……」

「そんな水くさいことを……」

「いや、そうではない。やはり、明日は私が江戸へ発とう。亀蔵さんは二、三日ゆっくりとしてから帰りなさい」

「冗談ではねえ。そんなことをしたら、元締に叱り飛ばされてしまいます。どうしても先生が、お発ちになるというのなら、私も一緒に発ちます」

梅安が、片山清助夫婦を説得し、迎えに来るまでは、ゆっくり湯治をするようにいいふくめてから、翌朝、亀蔵と共に熱海を発ち、江戸へ向った。

この日は、申し分のない秋晴れで、相模湾の上には、鰯雲《いわしぐも》が浮いていた。

崖道を行く二人の前に、蜻蛉《とんぼ》が群れ飛んでいる。

笠の内で、梅安は深いためいきを吐いた。

(ああ……いつまで、こんなことをしなくてはならないのか)

このことであった。

六

その日。三浦十蔵の姿を、品川台町の雉子《きじ》の宮《みや》神社の境内に見出すことができる。十蔵は深編笠をかぶっていた。

空は、どんよりと曇っていて、いまにも雨になりそうであった。

十蔵は木蔭から、彼方の梅安宅を見つめている。

患者らしい町人が杖《つえ》をついてあらわれた。

(梅安め、いるらしいな)

十蔵の左手が腰の大刀へそろりとかかり、鯉口《こいぐち》を切った。

また一人、患者らしい男が梅安宅へ入って行った。

(いる。いるらしい。いるぞ)

しかし、梅安は、まだ江戸へ到着していない。昨夜は、大磯《おおいそ》へ泊ったから、江戸へ入るのは明後日になるだろう。

三浦十蔵は木蔭に佇《たたず》み、石のようにうごかない。呼吸をととのえているのだ。そして、殺気が充実してくるのを待っているのである。

笠の内で、十蔵の顔に少しずつ、血がのぼってきた。

十蔵は、梅安不在のことを知っていない。

むろんのことに、彦次郎が梅安の代りに、指圧をしたり、按摩をしたりしていることも知らぬ。

「ううむ……」

笠の内で、十蔵が微《かす》かに唸《うな》り声《ごえ》を発した。

しだいに、気分が乗ってきたらしい。

十蔵の右手が、編笠のひもをほどいた。だが、まだ笠はかぶったままだ。

しずかに、三浦十蔵の右手が、大刀の柄《つか》へかかった。

あたりには、全く人影がなかった。

十蔵が編笠をぬぎ、木蔭へ置いて、一歩、足を踏み出した。

梅安宅の裏手から、男がひとり、あらわれたのは、その瞬間であった。

男は浪人である。小杉十五郎だ。

舌打ちをして、十蔵が木蔭へ身を引いた。

(おれを傷つけた、あの浪人が、まだいたのか……)

三浦十蔵は、小杉十五郎を恐れているわけではない。一対一ならば、

(斬れる)

そうおもっているが、梅安がいるとすれば、二人を敵にまわさなくてはならぬ。この前のときも、梅安が投げつけた火箸《ひばし》に顔を打たれた十蔵が、おどろいた瞬間、小杉十五郎が斬りつけて来たのだ。

十五郎は門口《かどぐち》に立って、あたりを見まわしている。両手を大きくひろげ、あくびをした。

十蔵は編笠を拾いあげて、ゆっくりとかぶった。むろんのことに、この木蔭なら、十五郎の目にはとどかぬ。けれども、木蔭を出て道へ出るわけにはまいらぬ。

小杉十五郎が裏口へ去るまで、十蔵は木蔭から出なかった。

（これは、よほどに気をつけねばならぬ。やはり、梅安が家を出たときをねらうよりほかに、仕方がないものか……）

三浦十蔵は、まだ、芝の南新網町の宿屋・大野屋に泊っている。うまい按摩をよぶことができるので、すっかり、按摩好きになってしまった十蔵だけに、大野屋が気に入った。

千住の旧笹屋伊八方は跡形《あとかた》もなく、近所の人びとに聞いても、おしまの行方も手がかりも知れなかった。

三ノ輪の質屋・富田屋へ行くのは、気がすすまなかった十蔵だが、ともかくも自分ひとりではどうにもならない。

富田屋の主人は宇八《うはち》といい、六十に近い老人だが、元は白子屋一味の者だっただけに、眼つきが尋常でない。ひっそりと暮していても、何をしているか、得体《えたい》の知れぬところがある。

その得体の知れぬところが、十蔵の気にいらなかった。

いまは亡き笹屋伊八にしても、大坂の切畑の駒吉にしても、

（これは、こういう男だな）

三浦十蔵には、すぐにわかる。

ところが、富田屋宇八という老人は、どんな人間なのか、十蔵にはつかみどころがなかった。

切畑の駒吉からは、すでに早飛脚《はやびきやく》で手紙も届いているらしいが、

「ま、こんな仕掛けは急《せ》いても仕方がない。ゆっくりと手段《てだて》を考えてみましょうよ」

他人事《ひとごと》のように、つぶやいたのみであった。十蔵は、切畑の駒吉も一目をおいているほどの、仕掛人としての誇りを、富田屋宇八にはひどく傷つけられた。

(富田屋の世話にはなりたくない。なんだ、あの男は……この三浦十蔵をばかにしていやあがる)

宿へ帰ると、十蔵は、すぐに座頭・竹《たけ》の市《いち》をよばせた。竹の市の按摩は、十蔵にいわせると、

「絶妙……」

といってよいのだそうな。

竹の市が来る前に、宿の女中が一通の手紙を十蔵へわたし、

「三ノ輪の富田屋さんの、使いの人が、これを置いて行きました」

と、告げた。

富田屋宇八は、手紙で、こういってきた。

「このたびの件につき、お引き合わせをしたい人がいますので、三ノ輪へお立ち寄り下さい」

すでに、日が暮れていて、冷え込みが強《きつ》くなってきたようだ。気乗りせぬままに、十蔵は

明日のことにすることにした。

竹の市があらわれる前に、十蔵は入浴した。そのほうが按摩に効《き》くと、聞いたからだ。

「へい。お待ち遠さまでございました。いま、竹の市さんが見えましてございます」

宿の若い者が廊下から声をかけてよこした。

この若い者の顔を、藤枝梅安が見たら、瞠目《どうもく》したことであろう。若者は、音羽の半右衛門配下の市太郎であった。それにしても半右衛門の手配の早さには、おどろくべきものがある。どういう手づるによって、市太郎を、この宿屋へ住み込ませたものか……。

いずれにせよ、この宿屋に泊っている三浦十蔵の様子は、半右衛門の耳へ筒抜《つつぬ》けになっていることになる。

「ごめん下さいまし」

「おお、竹の市か。待っていたぞ、入れ。入ってくれ」

敷きのべてある寝床へ、十蔵は、ぐったりと身を横たえ、

「今日は、疲れた」

「何処へおいでになりました」

「疲れるところへ、な」

「これは、どうも。へ、へへ……」

「ばか。妙な笑い声をたてるな」

七

翌日。ともかくも、三浦十蔵は、三ノ輪の富田屋へ出かけることにした。

十蔵があらわれると、富田屋宇八は、めずらしく微笑を浮かべ、

「三浦さん。打ってつけの男がいます。いま、使いを出し、此処へよびます。ちょっと、お待ちなすって下さいまし」

「何処にいるのだ? その男は」

「この近くなんでございます。その男のことを、おもいつかなかったわけではないのだが、どこまで肚《はら》を決めているか、それがわからないうちは、ね」

「ふむ」

男は常太郎《つねたろう》といって、女房もいる。子も今年生まれた。

死んだ白子屋菊右衛門は、山城屋という宿屋を、江戸における〔基地〕にしていた。その宿屋をあずかっていたのが笹屋伊八であったことは何度ものべてきた。

そのほかに、白子屋は、お八重という若い女を囲い、これに坂本の表通りへ小間物屋の店を経営させた。そのとき、常太郎夫婦が、つきそいをしていたのである。

白子屋亡き後、小間物屋の店は閉じたが、常太郎夫婦は、依然、坂本の裏通りに住み暮し

ている。常太郎は、生前の白子屋が目をかけていたので、白子屋が梅安に殺されたときは、くやしがって夜も眠れず、

「何としても、元締の敵をとらなくては、あの世へ行くことができません」

などと、口走っていたそうな。

それが口先だけだったのか、本心からなのか、そこのところが、

「どうも、わからなかったもので、三浦さんには申しあげなかった。ところが、つい先ごろ、家《うち》へやって来ましたので、それとなく聞いてみたところ、梅安を殺すためなら、どんなことでもはたらいてみたいと申しましたよ」

「ほう」

「だが、あの男には刃物は使えませんぜ。それを承知の上で、手先に使ってみて下さいますか？」

「とにかく、会ってみよう」

「もうすぐに、やってまいります」

なるほど、間もなくあらわれた常太郎は、いかにもおとなしげな、四十前後の男で、口のききようも上品であった。とても人を殺すことなどはできそうにもないが、却って、その常太郎を見るや、三浦十蔵は、気に入ったらしく、

「うむ」

満足そうに、富田屋宇八へうなずいて見せたのである。

(このような男なら、梅安宅の近くをうろついても、怪しまれることはあるまい)

そうおもった。

常太郎は、一時、梅安を毒殺しようと考えたこともあるという。だが、その方法は、というと、考えがおよばない。

そういうときの常太郎の、窪《くぼ》んだ細い両眼は不気味に光った。

十蔵は、打ち合わせをすることにした。

そのとき、常太郎が、

「三浦先生は、この前、笹屋伊八のところにおいでなすったそうで」

「ああ、いた。少しの間だが、な」

常太郎と笹屋伊八は、あまり仲がよくなかったらしい。

「それでは、笹屋にいた、おしまという女中を御存知ではありませんか?」

「知っている。あの女、いまは何処にいるのだ?」

「浅草の田町《たまち》で、煙草屋をしている勝平というのが、何でも叔父にあたるとか。そこに暮しております。ですが先生。あの女は伊八のもちものだったので、あまり近づかないほうがようございますよ」

「うむ。お前のいうことは、胸にとめておこうよ」

三浦十蔵は、いま、自分が泊っている宿屋のことを常太郎へ告げたが、

「おれは気まぐれだから、いつまた、他へ移るやも知れぬ。そのときは、この富田屋へいっておこう。とりあえず、梅安の身辺を探ってくれ」

こういって、金十両を常太郎へあたえた。

外へ出ると、もう日は落ちて、夕闇《ゆうやみ》が濃かった。これから、浅草の田町へ行ってみようか、ともおもった十蔵だが、面倒くさくなり、大通りの一隅にある〔蜆汁《しじみじる》・川魚〕と掛行燈《かけあんどん》のかかった〔鮒宗《ふなそう》〕という小体《こてい》な店へ入り、先ず、酒をいいつけた。

店の前の大通りは、日光・奥州両街道へ通じているだけに、人の往来もにぎやかで、夜ふけから夜明けまで商売をしている店も少なくない。

十蔵は、黙念と酒をのみつづけた。

(常太郎は、おしまに近づくなといったが、どういうつもりでいったのか？)

十蔵の目には、常太郎よりも、おしまのほうがたよりになるような気がする。

(どうも、あの富田屋といい、常太郎といい、おれの好みに合わぬような……)

おもいがしてならない。

ああした稼業の者で、仲間内の悪口をいうような男が、たよりになるか、どうか……。

笹屋伊八にしても、切畑の駒吉にしても、仲間の批判や悪口をしたことがない。

酒を五本のんで、三浦十蔵は酔った。

外へ出ると、通りかかった辻駕籠《つじかご》を拾い、

「芝のな、南新網町まで行ってくれ」

と、いいつけた。

(今夜は、竹の市に按摩をしてもらい、ぐっすりと眠ろう。浅草へ行くのは明日でよい)

十蔵が乗った駕籠を、夕闇の中からにじみ出すようにあらわれた男が密《ひそ》かに尾行しはじめた。浪人姿の男であった。

師走の闇

一

三浦十蔵は、金杉橋《かなすぎばし》の北詰で辻駕籠《つじかご》を降りた。

表通りは東海道で、北へ真直《まっすぐ》に伸びており、やがて、芝口橋《しばぐちばし》へ達する。

十蔵が滞在している大野屋という小さな宿屋は、北詰の道を東へ行き、丹羽《にわ》左京大夫《さきょうだゆう》・中屋敷《なかやしき》の裏塀《うらべい》と道一つをへだてたところにあった。

このあたりは、以前、漁師が住んでいたところで、商家も少なく、夜ともなれば人通りも少ない。

十蔵をおろした辻駕籠は、東海道の方へ去って行った。

三浦十蔵は、芝湊町と南新網町をへだてた細い道を、ゆっくりと東へ向いかけたが、突然、足をとめて振り向き、

「おい」

濃い闇《やみ》の中へ声をかけた。

「用があるなら、出て来い」

それにはこたえず、闇の中から滲《にじ》み出すように浮きあがった人影は、ずっと十蔵を尾行して来た浪人である。

浪人は、背を屈《かが》めるようにして、少しずつ、十蔵へ近寄って来る。

東側は南新網町、西側は町名はあっても名ばかりの、掘割《ほりわり》に沿った河岸道だ。

「名乗れ」

十蔵の声に、浪人は立ちどまり、

「平尾《ひらお》要之助《ようのすけ》」

こだわりもなく、そういった。

「何、平尾……」

平尾と名乗った浪人は、尚《なお》も近寄って来る。

背丈の高い、いかにも剣客らしい、その躰《からだ》から殺気がふきあがってきた。十蔵は二歩退《しさ》っ

て、そろりと大刀の柄《つか》へ手をかけた。

「ふ、ふふ……」

かすかに、浪人のふくみ笑いがきこえた。

浪人の右手も、大刀の柄へかかっている。

「何か用か？　金がほしいのか？」

いつまでも、二人はうごかぬ。

ややあって、同時に二人が大刀を抜いた。

金杉橋の方で、酔った男の声がした。

浪人は、身を引いて大刀を鞘《さや》へおさめ、

「わかった」

つぶやくようにいった。

「何が、わかった？」

「おぬしの腕前が……」

「ふむ」

「また会うことになるだろうな」

浪人は身を返して、東海道の方へ去って行った。

十蔵は、しばらく見送っていたが、軽く舌打ちをしてから、大野屋へ入り、入浴をした後で、竹の市を呼ばせにやった。

浴後、竹の市に腰を揉《も》ませながら、

(あの浪人、かなりの遣《つか》い手《て》だ。平尾何とかいったな。名前はともかく、平尾という姓におぼえがある。さて、いつ何処で聞いたのか……平尾、平尾……)

おもい出そうとして、おもい出せなかった。

「こんなもので、よろしゅうございますか?」

と、竹の市。

「うむ。もう少し強くしてくれぬか」

「はい。今夜は、お疲れのようでございますね」

「少し、疲れた。あ、背中のほうもたのむ」

十蔵は、平尾という名にこだわって、しきりに、おもい出そうとする。

(あの男は、何処から、おれを尾《つ》けて来たのか?)

ともかくも、油断はならない。三浦十蔵の命をねらう者は何人もいるといって、さしつかえない。

「なあ、竹の市」

「はい?」

「お前、何処か、この大野屋のように小ぢんまりとした、あまり目立たぬ宿屋を知っていないか？」

「宿をお変りなさるので？」

「まあ、そんなところだ。ただし、お前が来てくれるところでないと困る」

「へえ、ありがとう存じます」

「どうだろうな？」

「はい。私におまかせ下さいまし」

「たのむ」

十蔵は、竹の市へ一両も心づけをあたえ、

「このことは内密《ないしょ》だぞ」

念を入れた。

竹の市は、そのとおりにした。大野屋へ近ごろ入った若い番頭（市太郎）にも洩《も》らさなかった。

竹の市は、ひいきにしてくれる三浦十蔵へ好意を抱いていた。

それから、五日後の夜になって、市太郎の姿を音羽の半右衛門の家に見出すことができる。

やはり、市太郎は、半右衛門が大野屋へさしむけておいたのだ。

この手配をしたのは、白金《しろかね》の徳蔵《とくぞう》という老人である。むかしは、芝から目黒にかけて縄張りをもっていた元締《もとじめ》で、半右衛門とは親しい間柄であった。

「三浦十蔵が、行方知れずになってしまいました」

市太郎は、そういった。

「身のまわりの品物《もの》も残したままで、昨日の朝、大野屋を出たっきり、昨夜も今日も帰ってまいりません」

「ふうん、そうかえ」

「あれほどひいきにしていた竹の市にも知らせなかったそうでございますよ、元締」

「ふうむ」

音羽の半右衛門は、今日、居間へ出したばかりの炬燵《こたつ》へ両手を差し入れ、顎《あご》を埋めるようにして、凝《じっ》と何事か考え込むようであった。

まだ、冬になったとはいえぬが、寒がりの半右衛門は、毎年、早目に炬燵を出すのである。

「市太郎。もうすぐに冬だのう」

「はい」

「暑いのも嫌だが、冬の寒さもたまらないよ」

こういってから、半右衛門は手を打って女中を呼び、

「市太郎に熱い酒《の》を出しておやり」

と、いいつけた。

「三浦は、身のまわりのものを置いたままだといったな？」

「そうなんで。肌着も下帯も、そのままでござんす」

「その竹の市という按摩《あんま》は、その後も変りなく、大野屋へ出入りをしているのかえ？」

「はい」

「竹の市の住居《すまい》は何処だえ？」

「神明町《しんめいちょう》の裏でございますよ」

そのとき、女中が入って来て、

「旦那。梅安先生が、お見えになりましたけれど……」

「あ、そうか。ちょうどいい。すぐに此処《ここ》へ、お通ししておくれ。市太郎は、あとではなしがあるから待っていておくれ。いいかえ、市太郎と、こっちにも酒の仕度を、ね」

女中が承知して出て行くと、入れちがいに藤枝梅安が入って来た。

「元締。明日また、熱海へ発ちますので」

「いそがしいなあ、先生は」

「あと一息で、片山清助さんも全快というところで」

「それはまあ、よかった。ところで梅安先生。少々、打ち合わせておきたいことができてね」

「何のことで？」

「いや何、三浦十蔵という浪人者のことだが……ま、先生。炬燵へお入りなさい。三浦というやつは、たしかに油断も隙《すき》もない男のようですね」

「それに、腕が立つ」

梅安は暗い顔つきになり、目を伏せて、

「あの男に襲いかかられたときには、もう終りだとおもった」

呻《うめ》くように、いった。

二

そのころ、三浦十蔵は、芝の新銭座町《しんせんざちょう》にある宿屋〔八尾屋宗七《やおやそうしち》〕方の二階で、いつものように、竹の市に腰を揉ませていた。

「この宿屋は、いかがで？」

「落ちついた、しずかな宿だ。気に入ったよ」

このあたりは武家屋敷や医者の屋敷が多く、八尾屋は階下が二間、二階が三間という宿屋で、あまり泊り客もいないようだ。

「おい、竹の市。おれが此処へ移ったことは、だれも知ってはいまいな？」

る。
「へい。大丈夫でございますとも」
「平尾……ひ、平尾……」
十蔵が、つぶやくともなくつぶやいた。まだ、あの浪人のことを気にかけているとみえ
る。
「何と、おっしゃいました？」
「何、こっちのことだ」
十蔵は、まだ、おもい出せぬらしい。しかし、読者の中には、まだ〔平尾要之助〕の名を
おぼえている方がいるやも知れぬ。
この前の〔梅安影法師〕の一篇で、小杉十五郎が平尾の名を借り、笹屋伊八を梅安と共に
おびき出し、斬殺したことがある。
そして、要之助の兄・平尾源七は、白子屋菊右衛門が梅安に襲われたとき、田島一之助の
怪剣に斬り殪《たお》されている。けれども平尾は、兄が梅安に殺されたとおもい込んでいるのだ。
死んだ平尾源七は、浅草・田町の煙草屋勝平に、こういったことがある。
「おれの弟の剣術は、おれなどのおよぶところではない。人柄は、ちょいと癖のあるやつ
で、弟ながら好きにはなれぬが、あいつの剣術だけは大したものだよ。兜《かぶと》をぬぐといっても
よい」
この夜、藤枝梅安は、音羽の半右衛門と約二刻（四時間）にわたって、密談をかわし、翌

朝、江戸を発って再び、熱海へ向った。

三浦十蔵に対しては、梅安の気持ちが、しだいにかたまりつつある。

(ああいう男は、向うからやって来るのを待つことはない。こちらから仕掛けるのだ)

このことであった。

それにしても、今度の、音羽の半右衛門の肩入れはなみなみのものではない。

自分が関係している仕掛けではないのだ。以前の半右衛門は、いかに藤枝梅安と親しくしているように見えても、自分が関わっていないことには、口を出さぬし、うごくこともしなかった。

そのことを、梅安がいうと、半右衛門は、薄く笑って、

「冗談ではありませんよ、先生。これは、私のためにしているのですよ」

「ほう。それは、どういうことなので？」

「浪人をさしむけたのは、大坂の、切畑の駒吉です」

「私も、そうおもう」

「あの男は、死んだ白子屋菊右衛門の片腕といわれたやつです。当人も、そうおもっていますよ」

「切畑の駒吉は、いま、白子屋の跡をついでいるつもりです、ちがいますか？」

「まあ、そうでしょうな」

とすれば、白子屋が長い間の宿願《しゅくがん》だった、江戸への進出を駒吉も考えているにちがいない。そのための基地だった神田明神下《かんだみょうじんした》の〔山城屋〕は、梅安の襲撃後、つぶれてしまったし、笹屋伊八までも、殺されてしまった。

切畑の駒吉は、焦《あせ》っている。山城屋と笹屋に代る〔根城《ねじろ》〕を一日も早く造りあげ、江戸における縄張りをひろげて行きたいのだ。

「駒吉が、ねらっているのは、それればかりじゃあない、梅安先生のいのちと一緒に、この私のいのちもねらっている」

「………」

おもわず、盃をおいて、梅安は半右衛門の老顔に見入った。

「ね、そうおもいませんか？」

「なるほど……」

「それを黙って見すごしているわけにはいかない」

半右衛門は、両眼を閉じて、

「向うが手を出すよりも先に、こちらで片づけてしまいたいのですよ」

ほんとうなのか、どうか、そこまでは梅安も考えていなかったが、半右衛門なら、やりそうなことだ。

「いま、三浦十蔵は、南新網町の大野屋を出て、姿をくらましてしまいましたが、なあに、そのうちにきっと見つけ出します」

「すまぬなあ。元締にばかり、はたらかせてしまって……」

「なんの。先生はいまのところ、熱海にいたほうがよい。帰って来るまでには、三浦の居所を突きとめておきましょうよ。それよりも、留守居をしている小杉十五郎さんや、彦次郎さんは、よほど気をつけないと……」

「そのことです」

「あの浪人は何をするか、知れたものではないからねえ。よくよく、そういっておきなさるがいい」

「承知しました」

「梅安先生。腹ぐあいは、どうですね？」

「少々……」

「何か腹へ入れておきなさるがいい」

半右衛門が仕度をしたのは、蕪《かぶ》の味噌汁であった。

乱切りにした蕪を煮くずれるまで煮た、熱い味噌汁で、これを炊《た》きたての飯にかけて食べる。九州のほうでは、これを「船頭飯《せんどうめし》」というのだそうな。

「こりゃあ、旨《うま》い」

梅安は、二杯もお代りをした。

外へ出ると、風が冷めたかった。もうすぐに、この風が強くなって、凩《こがらし》になる。

品川台町の家へ帰った梅安に、彦次郎が、

「寒くなりましたね」

「うむ。だが、元締のところで旨いものを食べてきたので、あたたかいよ」

「何が出たのです？」

「船頭飯というものだ」

「へえ……」

「そうだ。彦さんに教えておこう。また食べたい」

つくり方を聞いて、

「何だ、わけもねえことだ」

彦次郎が笑い出すのへ、

「ばかにしたものではなかったよ。旨かった」

「こいつは、よほど、蕪のいいのを見つけなくてはいけないねえ」

「その蕪が煮くずれるまで煮るのだ。小杉さんは、寝たようだね？」

「もう寝ましたぜ」

「もっと、こっちへ寄ってくれ。彦さんにはなしたいことがある」

こういって、藤枝梅安は煙管《きせる》を手に取った。

翌朝、梅安は江戸を発ち、熱海へ向った。

その翌々日の昼すぎから夜にかけて、市太郎が、ついに〔八尾屋宗七〕方に三浦十蔵が泊っていることを突きとめた。

按摩の竹の市を尾行したのだ。

そこは何といっても、盲目の竹の市であるから、尾行はたやすい。

市太郎から、音羽の半右衛門の耳へ、このことはただちに告げられたが、半右衛門は、わざと梅安には知らせなかった。

「寒い冬のうちは、熱海にいなさるがいい。それよりも、その八尾屋へ……」

「また、私が入りこみましょうか？」

と、市太郎。

「いや、それはあぶない。お前は三浦に顔を知られているから、かえって、三浦に怪しまれるだろうよ。ま、何とか方法を考えてみよう。急《せ》くにはおよばない」

その日。夜になってから、富田屋宇八が、浅草・田町の煙草屋勝平の家へ、

「おしまさんはいるかえ。ちょっと、会ってもらいたい人を連れて来たよ」

こういって、姿を見せた。

富田屋は、浪人姿の男を連れていた。

この浪人は、平尾要之助であった。平尾は、三浦十蔵とは別に、梅安を殺すために、大坂

の切畑の駒吉が江戸へ差し向けてよこしたのである。

平尾も三浦も、単独で仕掛けることをのぞんだ。協力して、事にあたるのを好まぬ。二人とも、腕に自信をもっているからであろう。

この二人の浪人は、以前から上方《かみがた》にいて、白子屋菊右衛門のために仕掛けをはたらいていた。

そういえば、白子屋が目をかけていた平尾の兄・源七も大坂から江戸へやって来たのである。

三

「ただ、梅安の居所が、どうも、はっきりしない。品川台町の家には、どうもいねえらしいので」

煙草屋勝平の二階へ落ちついてから、富田屋宇八が、そういった。

富田屋と、笹屋伊八は、前に、太兵衛《たへえ》お杉の夫婦者の配下を白金猿町《しろかねさるまち》の小間物屋の二階へ潜《ひそ》ませ、藤枝梅安の動向を探らせて失敗した。だから、二度と、この夫婦を使うことはできない。

「そこで、今度は、おしまさんに一《ひと》はたらきしてもらいたいのだ」

平尾要之助は沈黙したままで、おしまの横顔に見入っている。

なるほど似ている。兄弟だというだけあって、亡き平尾源七に、目つきなど、そっくりの平尾要之助であった。

ただ、源七にはなかった陰気で不気味なものが平尾の五体からただよっている。

身仕度は上等なものを着ているし、髪もととのい、髭《ひげ》もきれいに剃《そ》りあげていて、ときどき上眼《うわめ》づかいに、おしまや勝平を見る、その眼つきが薄気味悪かった。この前、平尾に化けた小杉十五郎とは大分ちがう。十五郎には生まれながらの気品がある。

おしまは、梅安が熱海へ行っていることを知らなかった。

何とおもったか、音羽の半右衛門が半田の亀蔵へ、

「当分の間、梅安さんのことは、おしまへは黙っていろ、勝平にもいわねえほうがいい」

口どめをしたからだ。

平尾要之助は、小判で二十両も、おしまへわたし、

「つかってくれ」

と、いった。おしまは、受け取った。

おしまは、これで、平尾のためにはたらくことになった。それでいて、おしまと勝平は、音羽の半右衛門の配下なのである。おしまが、明神下の山城屋へ女中として入り込み、梅安たちを手引きして、白子屋菊右衛門を殺害させたことを知る者は知っている。

「おれは、三浦十蔵とちがって、江戸は不案内だ。よろしくたのむ」

かすれた声で、平尾が、

「お前さんのいうとおりにするつもりだ。ただし、仕掛けるときは、おれ一人でやる。そのつもりでいてくれ」

おしまは、うなずいた。そして急に、胸がさわいできた。このときの胸のうちは、おしまでなくてはわからぬ。

(もしやすると、死んだ笹屋伊八の敵を討てるかも知れない)

今年の春。本所《ほんじょ》・中ノ郷《なかごう》へ笹屋伊八をおびき出し、梅安に殺させてしまった日のことを、いまも、おしまは忘れていない。

あのとき、おしまは泣きながら、大川橋を西へ渡って行ったものだ。おしまは、笹屋伊八の肌身を忘れてはいない。何事も音羽の半右衛門のためにはたらいたのだが、伊八に抱かれてからは……いや、抱かれているときのおしまは、まさしく、伊八の愛人《おんな》だったのである。

女の、そうした心のうごき、変化を、音羽の半右衛門だけは感じているらしい。

(今度は、ひとつ、音羽の元締の鼻を明かしてやろうか……それも、おもしろいねえ)

おしまは、ふてぶてしく、そうおもってみた。

(この平尾という浪人は、どんな男なのか、まだわからないから、うかつにはうごけない)

そこへ行くと、ただ、ひたむきに自分をもとめてやまなかった笹屋伊八のことが、いまさらになつかしく、あわれにおもえてならない。

平尾要之助は、三日後に会うことを約して、夜がふけてから富田屋宇八と共に帰って行った。平尾は、いま、三《み》ノ輪《わ》の富田屋からも近い金杉下町《かなすぎしもちょう》の宿屋〔桑名屋《くわなや》〕に泊っているそうな。

翌朝、おしまは家を出て、品川台町へ向った。

今朝も寒い。渡り鳥が群れをなして、大川の上の空を渡って行くのが見えた。

おしまは、紫色の頭巾《ずきん》をかぶっている。

(でも……でも、音羽の元締を裏切ることはできない。やっぱり、できない)

音羽の半右衛門の、眠っているような半眼の顔と、その底に潜む恐ろしい半面を、おしまは知りつくしていた。

(どっちにしても、私のような女が、人なみな幸せをのぞむほうが間ちがっている。そろそろ、私も年貢のおさめどきが来ているのかも知れない……)

おしまは、頭巾の中で、

「伊八さん……」

つぶやいてみた。

すると、得体の知れぬ寂しさが衝《つ》きあがってきて、おもわず右手を、ふところへ入れ、ぎゅっと乳房をつかんでみた。このところ、おしまは、肥えてきたようである。

この日、おしまが品川台町近辺の人びとから聞き込んだところによると、

「梅安先生は、いま、旅に出なすっているらしい」

ということであった。

その代りに、彦次郎が、時折、訪ねて来る患者の治療をしていることや、小杉十五郎とおもわれる浪人が留守居をしていることも耳にした。

少し遅くなったけれども、おしまは辻駕籠を拾い、金杉下町へ向った。

四

平尾要之助が泊っている宿屋〔桑名屋〕は、金杉の大通りを東へ折れ曲がったところにある。まわりは大小の寺院と大名の下《しも》屋敷で、大通りの賑《にぎ》わいが嘘のように、しずまり返っている。

桑名屋の二階の一間で、平尾は、おしまの報告を聞いた。

聞くでもなし、聞かぬでもなし、平尾は、あまり身を入れて聞いているようではなかった。傍《わき》を向いて、つづけざまに煙草を吸っているのみだ。

おしまが語り終えると、平尾は、

「御苦労だったな」

それでも、ねぎらいの言葉をかけてから、

「この宿は、取調べがうるさくなくてよい」

独《ひと》り言《ごと》のように、つぶやいた。

旅籠《はたご》にせよ、宿屋にせよ、長期にわたって滞在する客については、上《かみ》へ届け出なくてはならぬし、役人も調べに来る。

そこのところがどうなっているのか、桑名屋ではうるさいことをいわぬし、役人が来ることもない。

おしまが語り終えると、平尾は女中をよび、酒の仕度をいいつけた。

「では、旦那。私はこれで……」

おしまが、腰を浮かしかけると、

「ま、いいではないか」

平尾が、煙管を置いて、

「お前さんは、酒がきらいか？」

「………」

「きらいなら、帰るがよい」

「では、お相手をいたします」

何だか、おしまは、おもしろくなってきた。

平尾は、いかにも凄《すさ》まじい剣客に見えるが、それでいて、おしまが凝《じっ》と見つめたりすると、まるで子供のようなはにかみの表情を浮かべ、眼を逸《そ》らしてしまう。そんな平尾が意外でもあったし、おしまのような女の眼には、可愛くもおもえた。

酒が運ばれて来ると、平尾は、ぐいぐいとのんだ。一つ二つと盃を重ねるうちに、おしまも負けずにのみはじめる。

「お前さんは、いけるのだな」

平尾は、ちょっと、びっくりしたようである。

「これは、いい相棒ができた」

「好きなものは、お酒くらいなんでございますよ」

「男は、きらいか？」

突然、平尾がいった。

「さあ……男によりけりでござんしょうよ」

「ふむ」

うなずいた平尾は、照れくさそうに、低い声になり、

「今夜は、此処へ泊っていかぬか？」

と、いう。

「旦那」

「うむ?」

「ちょいと、早すぎはしませんかねえ」

平尾は、はにかんで笑った。

「早いか。そうかも知れぬなあ。おれは何事も早いが好きなのだ。仕掛けにしても早くやったほうがいい」

「はい」

「だが、梅安が江戸にいないのでは仕方もない。何処へ行ったのだろう?」

「わかりませんが、そのうちに探り出します」

「たのむ。おれが追いかけて行って仕掛けるのもおもしろい」

「そうですねえ。そのほうが、むしろ、仕掛けやすいかも知れません」

「おい、どうだ?」

「え?」

「まだ、泊る気にはならぬか?」

おしまの、肉の充ちた腰のあたりへ視線を射つけたまま、平尾は少し、躰を寄せて来た。

おしまが、乾いた笑い声をたてた。

「よし、わかった」

「何がでござんす?」

「気が乗らぬ女は抱きたくない、帰れ」

平尾は、おしまに、そういうと、物をねだった子供が母親に叱られたような顔つきになった。

おしまは、間もなく桑名屋を出た。

(可愛いところがあるように見えたけれど、ほんとうにそうなのか、どうか、もう少し見きわめてからでないと、こころはゆるせない)

おしまは、そうおもっている。

浅草へ帰って、煙草屋の勝平に、今日のことを告げると、

「おしま。今日のことは、すべて音羽の元締の耳へ、お前から入れておかなくてはいけねえ、わかってるな」

勝平は、念を押した。

「あい。わかっていますよ」

勝平のいうとおりである。おしまは翌日、音羽の半右衛門の許へ行き、すべてを報告した。半右衛門に隠してはおけない。しかし、平尾要之助が自分を口説いたことだけは、黙っていた。なぜ、黙っていたのか、おしま自身にもわからない。

「ふうん。三浦十蔵のほかに、そんな浪人が江戸へやって来たのか」

半右衛門は、何も知らぬ顔で、そういった。

「元締は、三浦十蔵が何処にいるのか、御存知なんでございますか？」

おしまの問いに、半右衛門は、

「いいや、知らない。知っていたら、先ず、お前の耳へ入れるよ」

そういってから、平尾要之助について、

「その浪人は、どんな男だえ？」

「いまのところ、よくわかりませんが……」

おしまの口許と眼のうごきを、半右衛門は見つめている。こういうときの半右衛門は、おしまにとって、まことに薄気味がわるい。

「おしま。お前、いまのところ、男はいないのかえ？」

ややあって、半右衛門が問いかけてきた。

「ええ、もう、そんなことは……」

すでに、おしまは半右衛門を裏切ってしまっている。

平尾要之助の一面を告げなかったからだ。

（この元締ときたら、腹の底で、何を考えているのか知れたものじゃあないんだから……）

すると、半右衛門が微《かす》かに笑って、

「おしま。たまには、虫やしないに、つまみ食いをしてみたらどうだ」

と、いった。

「だれを、つまみ食いにするんでございます？」

「たとえば、その、平尾何とかいう浪人をさ」

おしまは、どきりとした。

だが、もとよりそれをおもてにあらわすようなおしまではない。顔色も変えずに、おしまはいった。

「そうですねえ。それも、おもしろいかも知れません」

「そうさ。剣術つかいなんてものは、ちょっと、子供みたいなところがあるものさ。たまに抱かれてみるのもいいだろうよ」

曇り日で、風が鳴っている。

風は、もう凩といってもいいのであろう。落葉が吹き飛ばされてきて、庭に面した障子へ打ちあたった。

半右衛門は、いかにも寒そうに、炬燵の蒲団へ顔を埋めた。

五

「もし、梅安先生」

宿の夕餉《ゆうげ》の箸をとめ、片山清助が、おもいきった様子で、

「このように、私どもが厄介《やっかい》をかけていても、よいのでございましょうか?」

「それは、どういうことです?」

「こうして、つきそっていただいて、まことに心強いのでございますが、江戸の、品川のお宅を、ずっとお留守にしておいでになるのでは……と、こんなことを申しあげて、去年は、毎日のように、私方へ泊り込んでいただいたのでございますが……」

清助は、妻のお芳と顔を見合わせた。

この宿は〔茂平次《もへいじ》の湯〕といって、熱海温泉の〔本湯〕に近い。

清助夫婦は、梅安が泊っている〔角兵衛の湯〕へ、一緒に泊りたがったけれども、これは危険だ。そこで梅安は、清助夫婦を別の宿へ移すことにしたのである。

もしも、三浦十蔵でもあらわれたなら、

(こっちのさわぎに、清助さんたちを巻き込むことになる)

そうおもった梅安は、

「なに、私の宿は此処からも近い。同じことですよ」

うまく、いって聞かせ、双方の宿を行ったり来たりして、片山清助の治療に通っている。

清助の躰を執拗《しつよう》にむしばんでいた病気も、日に日によくなってきつつある。

「まるで、見ちがえるようでございます」

お芳は、泪《なみだ》ぐんで、礼をいった。

歩く足取りもしっかりしてきて、顔の血色もよい。

いや、顔よりも躰の肌の色が、前よりも白くなり、光ってきた。

これが、梅安にいわせると、

「まことによろしい」

のである。

以前の片山清助は、どちらかというと赭《あか》ら顔で、

「背中の肉がつきすぎていた……」

のだ。

「ま、冬のうちは、こちらでゆっくり養生をして、春になってから江戸へ帰りましょう」

梅安は箸をうごかしながら、いった。

ちかごろの梅安は、食事のときに、箸をとめて何事か、凝《じっ》と考え込むことがある。清助夫婦は、それを気にしていたのであろう。

梅安は三浦十蔵のことを考えていたのだ。

まだ梅安の耳へは、十蔵が宿を替えたことがとどいていない。

だが、音羽の半右衛門のことだから、手をつくして探《さぐ》りにかかっていることであろう。

(さて、それからだ)

先日、江戸へ帰った折に、彦次郎ともはなし合った梅安だが、

（三浦十蔵を、人知れずに仕掛けるのはむずかしい）

彦次郎も同じ考えであった。

却《かえ》って、旗本でもあり、幕府の高官でもあった駒井助右衛門などのほうが、仕掛ける機会をつかみやすいのである。

三浦十蔵は自由自在に行動をする。これが、まことにやりにくいのだ。そうかといって、十蔵のほうから仕掛けて来るのを待っているのも、この前のときのように危険なのである。

梅安は、まだ、十蔵のほかに平尾要之助という、恐るべき浪人が江戸へ着いていることを知らない。

（先ず、三浦の居所がわかってからのことだ）

それでなくては、よい思案も浮かばない。

藤枝梅安は落ちつかない気分で、年が暮れるのを見送っている。

江戸とちがって、熱海は暖かった。

海でとれたばかりの魚は新鮮だし、これが片山清助の躰にもよい。

（おもんは、どうしているだろうか？）

浅草・橋場の料理屋〔井筒〕の女中・おもんは、主人から経営をまかされるようになったはずだ。

（おもんには、もう会わぬほうがよいのやも知れぬ）

絶えず、身に危険が降りかかってくる自分には、女との暮しなど、おもってもみないほどだし、それに、梅安も彦次郎も、いつも自分が殺されて死ぬ日のことが、念頭からはなれない。

おもんが料理屋の女主人になれば、

(あの女の身の行末も落ちついたことになるし、いまが、別れの汐《しお》どきやも知れぬ。いや、そうだ。そうしたほうがいい)

この年も、日いちにちと押しつまってきた。

音羽の半右衛門の手紙を持って、半田の亀蔵が熱海へやって来たのは、或日《あるひ》の夕暮れであった。

亀蔵は、三浦十蔵が八尾屋という宿屋へ移ったことを告げ、さらに、平尾要之助が江戸へ来たことを梅安に告げた。

「その平尾というのは、白子屋と共に殺《や》った平尾なにがしの弟か?」

「さようで」

「おもいもかけぬ男が出て来たものだ。やはり、弟がいたのだな」

これは、何としても、小杉十五郎と彦次郎の耳へ入れておかねばならぬ。

梅安は、その夜、まんじりともせずに、手紙を二通、書きしたためた。

一通は音羽の半右衛門、一通は彦次郎にあてたもので、二通とも、半田の亀蔵が届けてくれることになった。

「すまないね、亀蔵さん。いつも骨を折らせて、便利に使ってしまって」

梅安は、何と十両もの金を亀蔵へわたし、

「これで、好きなものでも食べて下さいよ」

「とんでもない。こんな大金を……」

「音羽の元締なら、取っておけといいますよ」

「こりゃあ、どうも……」

亀蔵は、

「江戸のほうに変ったことが起りましたら、すぐにまた、知らせにまいります」

「いずれにしても、年が明けてからだ」

梅安は、そういって、

「寒いだろうね、江戸は……」

「うちの元締なんか、炬燵へもぐりっぱなしですよ」

「うふ、ふふ。眼に浮かぶようだね」

「それも、一日中なので」

「いつだったか、元締がいっていなすったっけ」

「何と？」

「便所がついた炬燵がないものかってね……」

「なるほど」

「私も、ずいぶん考えてみたが、こいつは仕掛けよりもむずかしい」

「おそれいります。帰ったら、元締へ、そのようにつたえますでござんす」

半田の亀蔵は、新年が来ると四十になるという。

女房もいるし、子も三人いるそうだ。

三浦十蔵はともかくとして、その平尾要之助という仕掛人は、

(どのようなやつなのだろう?)

梅安にも、つかみどころがない。

平尾は、あれから、二度も、おしまと会っている。

おしまが、

「早く梅安を殺《や》って、お兄さんのうらみをはらしてはいかがです?」

それとなく、探りを入れてみると、平尾は、

「殺ることは殺る。それが仕掛人としての、おれのつとめだ。だが、兄のことは別だよ。兄は兄だ。おれはおれさ。いちいち、兄の敵を討つとか、うらみをはらすとか、そんなことにこだわっては却って仕掛けの邪魔になる」

そういった。

そのとき、おしまは、

（この人は、ほんものだ）

と、おもった。

平尾は、もう「泊って行かぬか？」などと、おしまにさそいをかけることもなく、会えば、酒の相手をさせるだけになっている。

もっとも、富田屋宇八が、大野《おおの》原《はら》の庄八《しょうはち》という中年男を、平尾のために、さし向けてよこしたので、庄八が梅安の動向を探ることになったのだ。

庄八は、大胆にも、雉子《きじ》の宮《みや》の門前へ、小さな屋台の茶店を出した。その権利を得るためには、かなりの大金をつかったろうが、富田屋宇八は、

「梅安を殺るためには、いくら金がかかってもいい。大坂の切畑の元締も、そういっていなさる」

庄八に、そういったそうな。

庄八は、見るからに実直そうな男で、品川台町の人びとも怪しんではいない。

雉子の宮の、木立の向うには、梅安の家があるので、手に取るように様子がわかる。

「いまのところ、梅安は、家にいません。うわさのとおり、旅に出ているようです」

「浪人は、いるのか？」

「ええ。色白のいい男で、腕が立つようには見えませんがね」

「ところがそうではないらしい」

「それと、彦次郎とかいう男がいて、梅安の代りに治療をしているようです」

「よく、名前までわかったな」

「梅安の家のことは、あの辺で知らねえ者はありません。浪人のことを小杉さんだとか、小杉先生だとかいっておりますよ。ええ、近所の者が私の茶店へ来て、しゃべって行きます。それに、おせきという婆さんが通って来て、掃除なぞをして行くらしいのですがね」

大野原の庄八の報告は、むろんのことに、平尾要之助の耳へとどいていた。

平尾も何度か、庄八に会っている。

しかし、富田屋宇八は、三浦十蔵に庄八のことを告げていない。

何故かというと、富田屋宇八は、

(あの三浦という浪人は、どうも虫が好かねえ。梅安殺しは、平尾にやらせたい。どうせやるなら、平尾さんの手柄にしてやりたい)

と、おもっているからだ。

そういえば、死んだ笹屋伊八も、身勝手な三浦十蔵を、

(嫌なやつだ)

きらっていたものだ。

三浦は、相変らずであった。

毎日、外へ出て、江戸市中を歩きまわり、飲んだり食べたりして、宿へ帰ると、竹の市を呼び、躰を揉ませ、のんびりと日を送っているように見える。

浅草の田町へは何度も足を運んでいる三浦だが、おしまとは、まだ会えない。

煙草屋勝平から三浦が来たことを聞いて、

「ああ、あいつには会いたくないよ、おじさん。死んだ伊八さんも、あの男は大きらいだった」

「今度、来たら何という?」

「そうだねえ……このところ、ずっと家《うち》へは帰って来ないとでも、いっておいて下さいよ」

ゆえに、おしまが家にいるときでも、勝平が、うまくいって、三浦を帰してしまう。

ただし、三浦十蔵は、宿を替えたことだけは、富田屋宇八に告げてある。

三浦をたすけてはたらくことになっている常太郎も、この宿（八尾屋）へ、二度ほど顔を見せていた。

だが三浦は、どうも、常太郎が気に入らなかった。万事に、調子がよすぎるのだ。

そのくせ、常太郎は、

「いっそのこと、留守をしている浪人と、もう一人の男を殺《や》っておしまいになってはいかがなもので」

などと、そそのかすようなことをいう。

もしも、そのようなことをしたら、梅安の警戒は尚も強くなって、仕掛けがやりにくくなってしまう。

(この男は、しろうとだ)

見きわめをつけて、三浦は、

「常太郎。よいか、おれがいうまでは、梅安の家の近くを、うろついてはならぬぞ、よいか」

きびしく、念を入れておいた。

常太郎のような男は、どのような失敗をするか、知れたものではないからだ。

いずれにせよ、梅安は、

(帰って来る)

のである。

そのときまで、江戸見物をしながら、ゆっくりと待っていればよい。

(待つことも、仕掛けのうちだ)

三浦は、そうおもっている。

おもいながら、いまは何処にいるか、それもわからぬ藤枝梅安を絶えずおもい、闘っているつもりの三浦十蔵なのだ。

早朝、または深夜に、宿の近くの材木置場に囲まれた空地へ三浦はあらわれる。雨でも降らないかぎり、毎日であった。

腰を沈め、三浦は、闇の一点をにらむ。

その一点に、梅安の姿を見ているのだ。

「む!!」

やがて、低い唸《うな》り声《ごえ》を発し、三浦の腰間《ようかん》から、これまでに何人もの血を吸ってきた大刀が鞘走《さやばし》る。

大刀は、縦横に闇の幕を切り裂き、ふたたび、鞘の内へ吸い込まれる。

そのまま立ちつくして、三浦は呼吸をととのえる。

また、三浦の腰が沈む。

飽くことなく、繰り返してやまないのである。

三浦の大刀に切り裂かれた闇が叫ぶ。悲鳴をあげる。

約一刻(二時間)も、こうして剣の型をつかい、体調をととのえ、闘志をふるい起してから、やっと三浦は宿へ帰るのだ。

竹の市の按摩で、気持ちよく眠ってばかりいる三浦十蔵ではないのだ。

同じ日の夜。

おしまは、桑名屋の二階で、またも平尾要之助と酒をのんでいる。

「ねえ、平尾の旦那」

「うむ」

「もう、あと十日で今年も終りですよ」

「そうだな。あっという間に年の暮だ」

平尾は左の片肘《かたひじ》をついて寝そべり、右手で盃を取り、酒をのんでいる。

「旦那。梅安は、まだ帰って来ませんねえ」

「何処かで、春が来るのを待っているのだろうよ」

頬骨《ほおぼね》の張り出した平尾の顔に、微かな笑いがただよってきた。

「何が可笑《おか》しいのです？」

「何、お前さんの知らないことさ」

「梅安のことですか？」

「そうだともいえるし、そうではないともいえる」

「それは、どういうことなので？」

「梅安のやつが、どうしても、江戸へ帰って来なくてはならぬようにする方法を、いま、おもいついたのだ」

「どんなことを？」

問いかけたおしまの腕を、寝そべったままで、平尾がつかんだ。

「あら……」

「今夜、泊って行け。そうしたら、はなしてやる」

少しずつ、おしまの呼吸が荒くなってきた。

「そうしろ。な……」

するりと、平尾の掌《て》が、おしまの袖の中へ入ってきた。

「な……」

また、平尾がいった「な……」の声が、おしまの耳には「にゃ……」と、きこえる。物をねだる子供のような口調であった。

平尾の掌は、さらに伸びて、おしまの二の腕まできた。

「やわらかいな、お前の肌は……」

「いやですよ、そんなこと……」

平尾が半身を起し、顔を寄せてきた。そして、いったん、手を袖口から抜き、今度は八口《やつくち》へ入れた。

「あ……」

「おしま……」

ささやいた平尾は、おしまの乳房をさすりはじめた。

「あっ……」

「いちいち、声をたてるな」

平尾は、おしまの耳朶《みみたぶ》へ口を押しつけるようにして、

「どうしても、梅安が江戸へ帰って来るようにしてやる。ふむ、ふむ。こいつは、ちょいとおもしろいぞ」

「旦那。おもいのほかに、器用なことをしますね」

「そうか。これが器用ということなのか？」

平尾の舌が、おしまの耳の中へ入ってきた。

「あ、およしなさいってば」

耳から、うなじのあたりへ、平尾の舌は這《は》いまわっている。

「おしま」

「え？」

「おれはな、人の血を嗅《か》いでいるばかりが能ではないよ」

いうや、平尾は、おしまを抱き、千切れるほどに唇《くち》を吸った。おしまは、逆らわない。平尾のするがままに、まかせている。

為斎《いさい》・浅井新之助

一

新らしい年が来た。
去年の暮から暖い日がつづいて、豆州《ずしゅう》・熱海では梅の蕾《つぼみ》がふくらみはじめた。
片山清助の躰《からだ》は、ほとんど回復し、歩む足取りも、しっかりしてきた。
(これなら、もう大丈夫だ)
梅安にも、見きわめがついた。
外へ出ても清助は、杖をつくことをやめた。歩くことに自信が出てきたのである。

「まるで、このようになったのが夢のようにおもわれます」

清助はそういって泪《なみだ》ぐんだ。

二月に入ってから、梅安は一度、江戸へもどる気になった。その後の様子を知りたかったし、品川台町へも行ってみたい。

それに、もう一つ。梅安が考えていることは、住居の移転についてであった。

品川台町の家については、かねてから、

(仕掛けをする、この身の上で、少し長く住みつきすぎたような……)

そうおもっていたし、事態が現在のように、容易ならぬことになってくると、移転したほうがよいようにおもわれる。だが、遠方へ移る気はなかった。梅安は、目黒のあたりがよいと考えている。

目黒なら、品川台町近辺の患者も治療に通って来ることができるし、いままで通り、おせき婆さんも来てくれよう。

目黒の碑文谷《ひもんや》に住む、萱野《かやの》の亀右衛門《かめえもん》にたのめば、

「ようございますとも」

たちどころに、手ごろな家を見つけてくれるにちがいない。

だが今度は、借家にするよりも、

(建ててみたい)

梅安は、そうおもっている。

いざというときの逃げ道も、充分に考え、自分のおもうような家を建ててみるつもりの梅安であった。

そのための金なら、たっぷりとあるし、いまの家より、もう少し広い住居がよい。

小杉十五郎と彦次郎が梅安と共に暮すには、品川台町の家では、ちょっとせまい。

大工も、亀右衛門にたのめば、きっと、よい人たちを世話してくれるにちがいない。

(さて……目黒の、どの辺がよかろうか?)

あれこれと考えるのは、たのしいことであった。藤枝梅安にとって、自分で家を建てるのは、生まれてはじめてのことなのである。

萱野の亀右衛門や彦次郎、小杉十五郎と、このことについて相談をすることが、今度の江戸へ行く第一の目的といってよい。ついでに片山清助宅へも立ち寄り、様子を見て来るのは、いうまでもない。

清助は、留守をしている番頭へ長い手紙を書き、

「梅安先生に、こんなことを、おたのみするのは、まことにもって、申しわけもありませぬ」

「なあに、わけもないことです」

梅安は快晴の或日《あるひ》の朝、熱海を発って、江戸へ向った。

海は、とろりと凪《な》いでいて、まるで、春のような日ざしに光っていた。

梅安は、夜になってから、品川台町の家へもどったが、翌日になると、梅安帰宅の報は、たちまちに近辺にひろまった。雉子《きじ》の宮《みや》・門前へ、小さな屋台の茶店を出している大野原の庄八の耳へも、このうわさが入ったことは、むろんのことである。

しかし、藤枝梅安は、翌日だけ家にいたきりで、また、何処かへ行ってしまった。

「へえ。梅安が帰って来たというので、これを待っていた患者が、どっと押しかけて来ましたが、そのときにはもう、家にいなかったといいます」

庄八は、これを富田屋宇八に告げているとき、三浦十蔵があらわれた。

十蔵も、やはり一人ではどうにもならぬ。

「どうしても、梅安宅を見張ってくれる者がほしい。何とかならぬか」

十蔵は、そのことをたのみに来たのだ。

富田屋宇八も、こうなっては仕方もないので、大野原の庄八を十蔵に引き合わせたのであった。

「ふうん。そうか、わかった。梅安が何処へ行ったか、それは知らぬが、どうも、あまり遠くではないようだな」

「私も、そうおもいます」

「よし、御苦労。この上とも、よろしくたのむ」

と、十蔵が、たっぷりと金をわたし、宿の八尾屋《やおや》の所在をも告げた。

十蔵は一目見て、庄八を気に入ったようだ。

「急ぐときは駕籠《かご》を使えよ」

「でも、品川台町から、この八尾屋へは遠すぎます。急場には間にあわねえとおもいますよ」

「梅安の家の近くに、おれが泊れるようなところを探してみてくれ」

「ようござんす」

「ともかく明日、おれが行ってたしかめてみよう」

「先生。三浦先生」

「なんだ？」

「どうも、先生は腰が重いようですね」

「そうおもうか、おれも、そうおもう。仕掛けの気分が乗ってきたときに、ちょうど梅安がいればよいのだが……」

三浦十蔵は、にやりとして、

「なかなか、そうは行かぬ。そこが、あの男の恐ろしいところなのだ」

凝《じっ》と、空間に眼を据えて、

「梅安ひとりのときなら、朝でもよい。昼間でもよい。今度は逃さぬ」

呻《うめ》くように、いった。

「それなら、やっぱり、近くへ来ていただいたほうが……」

「そうする。何処か見つけてくれ。たのむ」

この日、梅安は萱野の亀右衛門宅へ泊った。

翌日、久しぶりに雨となった。霧のような雨だ。その雨の中を、宿を出た三浦十蔵が歩んでいる。十蔵が目ざしているところは品川台町の梅安宅だ。

(それにしても……)

十蔵は、傘の中で顔をしかめた。

昨日、庄八が告げたところによると、小杉とかいう浪人は、まだ、梅安宅にいるらしい。

(あいつ、嫌《いや》なやつだ)

さすがの十蔵も、自分の顎《あご》を切り裂いた小杉十五郎が、苦手であった。

あのとき、自分へ斬りつけて来た小杉の剣は、仕掛人となってからの三浦十蔵にいわせると、

「凄《すご》いものだった……」

の一言につきる。

あのときのような負《おく》れをとったことがない十蔵だけに、少々、自信をうしなっていることはたしかであった。

雨の中を、三浦十蔵が、ゆっくりと歩んでいる。

そして、藤枝梅安も萱野の亀右衛門に別れを告げ、自宅に向った。

時刻は、九ツ半（午後一時）を少しまわっていた。

二

三浦十蔵が雉子の宮へついたとき、まだ、梅安はついていなかった。

十蔵は、この前のときのように、正面から梅安宅が見える木立の中へ入った。向うに縁側が見える。この前は、一気にその縁側から中へ斬り込んだのだ。

（梅安め、いるかな。雨になったから、いるやも知れぬ）

むろんのことに江戸時代の道は舗装《ほそう》をしてなかったから、雨になると、一面のぬかるみになって、歩行をさまたげる。

だから、急用でもないかぎり、雨の日はどうしても外出《そとで》をひかえることになる。

（おもいきって、飛び込んでみるか……）

十蔵が、そうおもったとき、縁側に男がふたり、あらわれた。いうまでもない。彦次郎と小杉十五郎であった。

十蔵は舌打ちをして、尚《なお》も木蔭から、しばらくの間、梅安宅を見まもっていたが、どうも、梅安はいないらしい。

十蔵は、木立の中を雉子の宮の境内へもどった。あきらめたのである。

今日は雨なので、庄八の屋台店は出ていなかった。

十蔵は、二本榎《にほんえのき》の方向へ歩み出した。

もう少し、十蔵が木立の中にいたなら、梅安を見かけることができたろう。まさに一足ちがいで、梅安は帰って来たのだ。しかし、他人の家へ入るように、裏口から入って来て、縁側へあらわれた。

「ちょっと、片山清助さんの家へ行って来る。すぐに帰ってくるがね」

「ばかに、急いでいなさるね」

「ちょっと、おもいたった事があるのでね」

「昨夜、聞いた、家を建てるというはなしですかえ？」

「うむ。まあ、そんなところだ」

「仕掛人が手前《てめえ》の家を建てるなんて、はじめてのことだ。おもんさんと世帯でも持つつもりなので？」

「いや、そんなことではないよ」

梅安は、ほろ苦く笑った。

「それこそ、仕掛人のすることではない。そうだろう、彦さん」

「う……」

「この雨は、明日もつづくよ。だから、いまのうちに片づける用事をすませておきたいのだ。天気になったら、すぐに熱海へ発つ」

いいながら梅安は、しみじみと、

「自分で家を建てるということなぞ、考えてもみなかったが、ちょいとたのしいものだ。堅《かた》気《ぎ》の人たちには、こういうたのしみがあるのだなあ」

雑子の宮の筋向いに、二人だけでやっている駕籠屋がある。雨の日でもやすまないのが便利であった。そこの駕籠をたのみ、梅安は片山清助の家へ向った。

梅安の駕籠は、細川越中守《えっちゅうのかみ》・中屋《なかや》敷《しき》のところで、前をゆっくりと歩んでいた三浦十蔵を追い越した。

雨の日のことで、駕籠の垂れを下ろしてあったから、梅安は、これに気づかなかった。

十蔵も気づかなかったのは、当然だ。

もし後で、このことを十蔵が知ったなら、どれほど悔《くや》んだろう。梅安を討つには、絶好の機会であった。

片山清助方に異状がないことをたしかめた梅安は、清助の躰がすっかり元気になったことを告げ、すぐさま駕籠で品川台町へ引き返した。あたたかい雨が、まだ降りけむっている。

この夜は、彦次郎、十五郎と共にたっぷりと食べたり飲んだりしてから、梅安は寝床に入った。

　十五郎が、簡単な絵図面を描いて、

「こんな家は、どうだろうか？」

　梅安にいった、その図面が気に入って、

「これはいい。熱海へ行って、ゆっくり拝見しましょう」

　眠ろうとしたが、妙に気が冴《さ》えて、なかなかに梅安は眠れなかった。

（家を建てることで、おれは少し、浮かれているのではないか？）

　このことである。

（もし、おれがそうだとしたら、あの浪人に襲われたら、ひとたまりもなく餌食《えじき》になってしまうだろう）

　梅安は、気を引きしめた。

　そのころ、三浦十蔵の宿へ、庄八がたずねて来て、

「いいところを見つけましたぜ」

　と、告げた。

「梅安の家のすぐ近くの荒物屋の二階なんですがね」

「よいな、それは」

「手ごろな場所で、あそこなら一っ飛びで梅安のところへ行けます」

「よし。明日、移ろう」

「気分が乗ってきましたね」

「そうらしい。よく見つけてくれた。その荒物屋へ、手つけをたっぷりとわたしたろうな?」

「へい。おっしゃるまでもありません。向うじゃあ、大変によろこんでいますよ」

「おれのことを何といった?」

「剣術の先生だと、そういいました」

「ふむ。それでよい」

翌日、起きてみると、空は晴れていた。

「おれの見込みがちがったようだな」

梅安は、そういって、旅仕度をはじめた。いつもは何事にも落ちつきはらっている梅安なのに、

(どうしたのだろう?)

彦次郎と十五郎は、顔を見合わせた。

梅安は、昨日、萱野の亀右衛門に別れて、品川台町の我家へ向う途中、何だか不安で、嫌な予感におそわれた。それは、言葉につくせぬもので、この梅安の勘《かん》のはたらきは、あまり狂ったことがない。それは、これまでの経験がいくつも積み重なって生まれたものだ。

そして今朝、目ざめたときにも、この予感は消えていなかった。こういうときには、決して余計なことや、無理をせぬことにしている梅安であった。

そこで、片山清助方への用事も早目にすませ、熱海へも急いでもどるつもりになったのである。

自分の身だけではなく、熱海にいる清助夫婦のことも気にかかった。

鳥が立つように、梅安が家を出て行ったあとで、大野原の庄八と三浦十蔵が雉子の宮の門前へ姿をあらわした。

庄八は今日、屋台の茶店を出さなかった。

門前の通りを突切り、細道へ入って、右へ折れたところに、三州屋《さんしゅうや》という荒物屋がある。

「先生。ここです」

「近いな。ふむ、ふむ。ちょうどよい」

十蔵は、こうつぶやいて、

「なるほど。ここからなら一っ飛びだな」

すぐ近くに、小間物屋がある。前に笹屋伊八から命じられて、太兵衛お杉の夫婦が二階に間借りをしていた小間物屋だ。

三

金杉下町の宿屋・桑名屋の二階で、おしまは今日も、平尾要之助の相手をしている。

部屋に、雨音がこもっていた。

平尾に、おのれの肌身をゆるしたとき、

「梅安が、どうしても、江戸へ帰って来なくてはならぬ方法をおもいついた」

それが、どのような方法なのか、おしまは何とかして聞き出そうとしたが、いざとなると、平尾は、

「ま、いまにわかるさ」

とか、

「まだ、しかと決めたわけではない」

などといって、肚《はら》の内をなかなか打ちあけない。

「旦那と私は、こんな仲になったのですよ。なのに、そんな水くさいことを……」

「いや、肚が決まったら、これは、ぜひとも、お前に一役、買ってもらわねばならぬことだから、そのときは打ちあけるつもりだ」

「梅安は、どうするんです？」

「殺《や》るさ。いずれ、殺る」

「そんなことをいって、毎日毎日、酔いつぶれているのでは、しょうがありませんねえ」

「気分だ」

「え？」

「殺る気分がたかまって来たら、すぐに梅安のところへ斬り込む。だが、それには、やつがいるときでないと、な」

平尾は、梅安が熱海と江戸とを行ったり来たりしていることを知らぬ。

おしまも知らなかった。音羽の半右衛門が何もいわないからだし、江戸にいないことはわかっていても、くわしいことを何も知らぬ。

（だけど、いつまでも、こんなことをしていては、事がすすまない。雨があがったら、梅安さんのところを私が探ってみようか……）

むしろ、おしまのほうがじりじりしてきた。

すでに、おしまは音羽の半右衛門を裏切っている。平尾との仲を告げていないことはむろんだし、この桑名屋に平尾がいることも告げていないのだ。

富田屋宇八は、例によって、三浦十蔵のうごきも知らなかった。

大野原の庄八は知っている。しかし、十蔵から、

「よいか。おれの居所は、だれにも知らせるな。おれは一人で梅安を殺りたいのだ。わかっ

たな?」

かたく、口どめをされている。

だから庄八は、富田屋宇八にも十蔵のことは知らせず、単独で十蔵と連絡し合っていた。

庄八にすれば、平尾と十蔵がちからを合わせて梅安を襲ったほうがいいとおもうのだが、二人とも、

「一人でやる!!」

その決意に、変りはないらしい。

(それなら勝手にするがいい)

だから、どうしても三浦十蔵のほうに肩を入れてしまうことになるのだ。

それには、十蔵が気前よく、何かにつけて金をよこすからであった。

十蔵にくらべると、平尾要之助は、

「吝《けち》だな、平尾の旦那は……」

庄八は、そうおもっている。

(こうなれば、二人それぞれにやってみるがいい。だが、おれは、三浦の旦那にやらせてみたい)

大野原の庄八にとっては、梅安が死のうが生きようが、どうでもよいのである。庄八は、死んだ白子屋菊右衛門が手塩にかけた男ではない。富田屋宇八に見つけ出され、配下になっ

た男だ。それだけに、梅安殺しに情熱をもっていないのだ。それよりも、むしろ、

（何としても、この仕掛けは、三浦さんにうまくやってもらいたい）

そんな気分になってきていた。

だから、その庄八のこころは、すぐに三浦十蔵につたわり、

（庄八は、よくやってくれる。あいつは頼りになる男だ）

十蔵も悪くはおもわず、何かにつけて庄八を親切にあつかうことになる。

三浦十蔵と大野原の庄八の呼吸は合ってきたようだ。

そのことに、十蔵は満足をしている。

（これでよい。こういかなくては、梅安を討つことはできぬ）

さて、白金猿町の荒物屋の二階へ落ちついてから、三浦十蔵をなやませたのは、座頭の竹の市がいないことであった。

竹の市は盲目だから、芝・神明裏《しんめいうら》の自宅から此処まで来てもらうわけにはいかない。町駕籠で送り迎えをしてやればとも考えたが、

（いや、やめておこう）

此処は、あまりにも梅安宅に近い。うっかりして、失敗《しくじり》をまねいてはならぬ。

（もう少しの辛抱《しんぼう》だ。今度、梅安が帰って来たら、そのときこそ、すべて決着がつく）

十蔵は、そうおもっている。

一月も末になってから、雨の日が何日もつづいて、妙に暖くなってきた。春は、すぐ近くまで来ていた。

（春になると、梅安も帰って来るのではないか。どうも、そんな気がする）

十蔵の勘のはたらきは、そういっている。

二月に入って間もなく、豆州・熱海では、

「そろそろ、江戸へ……」

いい出したのは、梅安ではない。片山清助夫婦であった。それを聞いたとき、梅安は、ちょっと不安なおもいが胸をかすめた。だが梅安は、

「さようですか。では、駕籠でもどりましょう」

こころよく、同意した。

「まことに、申しわけのないことでございます。ですが、もう大丈夫。歩けます」

片山清助は、歩いて江戸へ帰り、元気になった姿を、娘や奉公人たちへ、一日も早く見せたいのである。

それに、先ごろ、梅安が江戸へ行ったとき、番頭からの長い手紙を持って来てくれたが、主人の清助でなければ、わからぬ事もあって、清助は一時も早く江戸へ帰りたいらしい。

梅安は、まだ、口に出していわぬが、江戸へ入る手前で、清助一行と別れるつもりである。

それほど、いまこのとき、品川台町の家へもどるのは、嫌な予感がしていたのであった。

四

おしまは、あれから三度も品川台町へ行き、近辺の人びとのうわさから、梅安が家にいないことを知った。

それを平尾要之助に告げると、

「留守をしているのは、その彦次郎とかいう男と、浪人者の二人なのだな?」

小杉と彦次郎の名を近所の人びとは知っているから、当然、おしまの耳へも入ってくるのだ。

「そうでござんすよ」

「ふうむ……」

平尾は、沈黙し、大刀を引き寄せた。何か、考えているようであった。

「いっそ、その二人を殺るか……」

しばらくして、平尾の口から、こんなつぶやきが洩れた。

おしまの胸がおどった。眼が光ってきた。

おしまは、笹屋伊八が殺された現場を目撃している。あのとき、平尾要之助の名をつかって、伊八をおびき出したのは、ほかならぬ小杉十五郎なのだ。

直接に手を下したのは梅安だが、そのためには、十五郎が大きな役を買っている。

伊八が、十五郎の言葉を信じたからこそ、命を落すことになった。

「でも、平尾の旦那。その浪人は、したたかなやつですよ。何しろ、三浦十蔵さんもかなわなかったやつですから……」

「ふん。三浦は三浦。おれはおれだ」

平尾は、自信をもっている。

去年、三浦十蔵に襲いかかったのも、三浦がどれほどの剣客なのか、それを試してみたのだ。

といっても、刃《やいば》をまじえたわけではないが、およそ、わかった。

(なるほど、かなりの腕前だ)

おもったが、平尾にいわせると、いま一つのところがある。それは、

(三浦は、おのれの腕に自信をもちすぎている)

このことである。

それが、小杉という浪人に、つけこむ隙をあたえたのであろう。

つまり、三浦を試したことによって、平尾は、小杉十五郎を試したのだともいえる。

「おしま……」

ささやいた平尾の腕が、また、おしまの八口《やつくち》へすべり込んできて、乳房をまさぐりはじめた。

「あ……」

「心配するな。おれが勝つ」

「い、いつ、おやりなさる?」

「明日か、明後日か……気分が乗ってきたら、今夜でもよい」

「まあ」

ほんらいのおしまだったら、その夜のうちに、このことを音羽の半右衛門へ知らせなくてはならないはずだ。そうすれば、半右衛門から、たちまちに知らせが品川台町へ飛ぶであろう。

「あの二人を殺せば、梅安も江戸へ帰って来るだろうよ」

「では、前にいったことは、そのことだったのですか?」

「それとこれとは別だ」

おしまの帯が音をたてた。平尾が右手一つで帯を解きはじめたのだ。

「あれ、旦那。仕掛けの前に、こんなことを……」

「いいのだ。おれは、いつもそうしている」

おしまの耳へ唇《くち》をつけて、平尾がいった。

「そのほうが却《かえ》ってよい。おれにはよいのだ」

おしまは、いつの間にか、湯文字《ゆもじ》一枚を身につけただけになっている。

その躰を、となりの部屋へ運びながら、

「だいぶ、気分が乗って来たようだ。後でゆっくり、梅安の家の様子を聞こうではないか」

いいながら、平尾の唇は、おしまの肌身のあらぬところを這《は》いまわりはじめた。

「あたたかいな、今夜は……ほれ。お前の躰も湯気をたてているぞ。おしま、何とかいえよ、な」

平尾は、こんなとき、ばかに饒舌《じょうぜつ》になる。子供のように、おしまの返事をもとめるのだ。

すべてではないが、死んだ笹屋伊八にも、そういうところがあったのを、おしまは忘れていない。

おしまが、筋骨たくましい平尾要之助の躰から解放され、桑名屋を出たのは、六ツ半（午後七時）ごろであったろう。

金杉の表通りは、夜になっても人通りが絶えぬ。辻駕籠も客を待っていた。

おしまは辻駕籠を拾い、音羽へ向った。

やはり、おしまは、音羽の半右衛門を裏切れなかったのだ。

半右衛門は在宅していて、おしまを居間へ通した。

居間へ入った瞬間に、おしまは、何か、いつもの半右衛門とちがう人を見ているような気がした。

「何か、急用でもできたのか？」

問いかけてきた声も重く沈んでいて、こちらの肚の底までも見通すような、するどい光りをたたえている両眼であった。そして、半右衛門の声は冷めたかった。

おしまは、半右衛門の、針のような光る両眼に射すくめられて、とっさに言葉が出なかった。

半右衛門は「どうした？」とも尋《き》かず、ただ黙り込んだまま、おしまを凝視しているのみであった。

（知っている……）

おしまは、直感をした。

おしまが平尾に肌身をあたえたことを元締《もとじめ》は知っているとおもった。それを黙っている自分の胸の内を、半右衛門は何とおもっているのであろう。

（ああ、もう、勝手にするがいい。何とでも勝手におもうがいい）

おしまは、居直ったかたちになった。

（こうなったら、もう、何もいうものか……）

であった。

「おしま」

音羽の半右衛門が、しずかにいった。

「はい」

「もういい。帰んな」

このとき、おしまは、はっきりと音羽の半右衛門と手が切れたことを知った。裏切り者として殺されなかっただけ、ましといってもよい。おしまは眼を逸《そ》らし、ゆっくりと立ちあがった。

半右衛門も何もいわず、さも不快げに煙管を手にした。

「では元締。これで帰ります」

「…………」

「ごめんなさいまし」

半右衛門は、おしまに眼もくれようとしなかった。

それでも、おしまは、いざとなったとき、必死で逃げる心がまえをしながら、じりじりと後《あと》ずさりに座敷を出て行った。

廊下へ出ても、まだ緊張をゆるめなかったおしまだが、外へ出たときは、さすがに気がゆるみ、大きなためいきを吐かずにはいられなかった。

（これで、もう二度とふたたび、音羽の元締の下ではたらくことはあるまい。これも、事のなりゆきというものだ）

はじめは、何も彼も打ちあけるつもりだったのが、こういうことになってしまった。おしまは、自分でもわきまえていなかった女の心の変転をあらためて知った。

（でも、今夜のことは、元締も、きっと忘れないだろう。これからは、何を仕掛けてくるか知れたものじゃあない。気をつけよう。気をつけなくてはいけない）

そのころ、桑名屋の二階では……。

平尾要之助が、大刀の手入れをしている。

打粉《うちこ》をつけ、刀身にぬぐいをかけながら、平尾は微笑を浮かべていた。

こういうときの平尾は、子供が玩具で遊んでいるような、邪気のない顔つきになる。刀身をながめて、殺気がみなぎる三浦十蔵とは反対であった。

刀の手入れを終えてから、平尾要之助は、酒の仕度を女中にいいつけた。

今夜も、あたたかい。

酒肴《しゅこう》が運ばれて来ると、平尾は、ひとりで、いかにも物しずかに酒をのみはじめた。

盃をふくみながら、平尾の顔つきが少しずつ変ってくる。

女中が気をきかせて、新しく燗《かん》をした酒を運んで来ると、平尾が、

「もういい」

「だって、まだ二本しかあがりませんよ」

「それでいいのだ。あとはいらぬ」

殺気に光った平尾の両眼を見て、女中は気味わるそうに去った。

雨音がしはじめたが、大した雨ではないらしい。

酒をのみ終えた平尾要之助が、何か、つぶやくともなくつぶやいた。

平尾は行燈《あんどん》の灯を淡くして、寝床へ横たわった。

五

翌朝になると、空は青く晴れわたった。

午後になって、浅草・田町の煙草屋勝平が品川の歩行新宿《かちしんしゅく》三丁目にある煮売り屋の久次郎方へ姿を見せた。

去年、おしまの口から久次郎のことは聞いていたが、病後のことだから、また弱っているやも知れぬし、音羽の半右衛門にも、年が明けてからも、

「一度、様子を、お前の目で見て来てくれ」

そういわれていたのである。

おしまは、このところ、田町の家に帰って来ないことが多い。

(何をしているのだろう？)

ほんとうの、自分の娘のようにおもっている勝平だけに、それも気にかかった。

（やはり、あの、平尾という浪人のことを探っているのだろうが、それにしてもこんなに家をあけることはめずらしい）

だが、子供ではあるまいし、いざともなれば、男もおよばぬはたらきをするおしまなのだから、

（いまさら、心配をしてもはじまらねえ）

勝平は、そうおもいもし、何とか近いうちに、おしまと会って、その後のことを聞きたいと考えていた。その上で、音羽の半右衛門に相談をしてみるつもりであった。

久次郎は元気で、勝平をなつかしがり、酒肴を出してもてなした。病気は、すっかりよくなったらしい。

目の前の東海道は、昼すぎから、急に人通りが多くなった。

雨が熄《や》んだので、旅人も江戸へ入って来るし、土地《ところ》の人びとも、たまっていた用事をすますために、いそがしげに歩いている。

勝平が、その街道をながめていると、東海道を品川へ入って来た道中駕籠がある。

その駕籠に付きそって歩いて来る躰の大きな男がひとり。これがまぎれもなく藤枝梅安ではないか。

（おや。梅安さんが江戸へ帰って来なすった）

いま、さしせまってのことはないが、このことを、

（音羽の元締に知らせておかなくては……）

勝平は、そうおもった。

「久次郎さん。また、出直して来るよ。くれぐれも大事にしておくれ、たのむよ」

「鳥が立つように、どうしなすったのだ？」

「いえ何、急におもい立ったことがあるのだ」

久次郎夫婦は、梅安の名を知っていたけれども、面識はない。

それから、勝平は駕籠をたのみ、音羽の半右衛門宅へ向った。

藤枝梅安は、品川宿を出ると、片山清助夫婦に別れを告げた。

だが、梅安は品川台町の自宅へ向ったのではない。辻駕籠を拾うと、

「目黒の碑文谷まで行ってくれ」

そういったのは、萱野の亀右衛門を訪ねることにしたのである。

亀右衛門は、

「いかがです、梅安先生。明日にも大工の棟梁《とうりょう》を呼びますから、ゆっくりと、新しい家の相談をなすったら……」

そういってくれた。

「かまいませぬか？」

「先生。先生は、どうも、今日はお宅へ帰りたくないようでございますね？」

さすがに、亀右衛門の目はするどく、梅安の胸の内を看て取ったようである。

「なんなら、家が出来るまで、此処で、お暮しなすったらいかがなもので」

「いや、そんなことまでは……」

「ですが、先生は、そのほうがいいらしい。ちがいますかえ?」

「亀右衛門さんには、かなわない」

ともかくも、この夜は泊ることになってしまった。

「そうときまったら、今夜は鶏のなべにいたしましょう」

古女房のお才に、亀右衛門が仕度をいいつけた。

日が、かたむきはじめている。

梅安のために、お才が湯殿の湯をわかしはじめた。

ちょうど、そのころ……。

雉子の宮と道をへだてた畑の向うにある、池田（松平）内蔵頭《くらのかみ》の下《しも》屋敷・裏門から、ひとりの老武士があらわれた。

この下屋敷の表門は雉子の宮の正面にあるから、屋台の茶店を出している大野原の庄八も老武士に気づいたことであろう。

しかし、裏門は反対の西側にある。周辺は畑と雑木林の田園風景だ。

老武士は、広大な下屋敷に沿った畑道をまわって、ゆっくりと歩みつづける。

この老武士の名を、浅井新之助《あさいしんのすけ》、号を為斎《いさい》という。綿入れの袖なし羽織を着て、脇差ひとつを帯《たい》したのみで、竹の杖をついていた。年齢は不詳であるが、七十をこえていることはあきらかであった。

いまは、大川の上流、鐘《かね》ヶ淵《ふち》に隠居して、世を捨てたかたちになっている老剣士、秋山小兵衛《あきやまこへえ》という人を知るものは、

「世に出ぬ名剣士」

と、呼んでいるそうだが、その小兵衛が、

「近世の名人、それも稀代《きたい》の名人は、ただひとり、浅井為斎先生あるのみじゃ」

と、洩らしたそうな。

さてこのとき、浅井為斎は何処へ行こうとしているのかというと、ほかならぬ品川台町の藤枝梅安宅へ向っているのである。

梅安の家には、いま、小杉十五郎が暮している。

十五郎の亡師・牛堀九万之助《うしぼりくまのすけ》は、浅井為斎が、

「わが子のように……」

可愛いがった剣客である。

牛堀九万之助亡き後、道場内の確執と紛争に巻き込まれた小杉十五郎が、ついには、仕掛人・藤枝梅安の許で暮すようになったいきさつについては、すでに、何度ものべておいた。

こうしたわけで、十五郎は、浅井為斎をよく知っているし、為斎も、むかしは、十五郎に目をかけてくれ、十五郎が亡師・牛堀の遺言通りに、道場の後継者になれなかったことを非常に惜しんだそうである。

ところで、去年の十一月の或日に、小杉十五郎は、偶然、目黒不動の境内で、なつかしい浅井為斎と、ばったり出会った。十五郎は、いまの自分の居所を隠さなかった。また、為斎になら、隠す必要もないことなのだ。

「なあんだ。雉子の宮のとなりにいたのかえ?」

「先生が松平侯の下屋敷においでなさるとは、全く、夢にもおもいませんでした」

「もう十年も厄介になっている」

「えっ、それほど前から……」

それから、去年のうちに、浅井為斎は二度ほど、梅安宅へ十五郎を訪ねて来た。

彦次郎が一所懸命にはたらいて、旨《うま》い物をこしらえ、浅井為斎をもてなした。

「あの先生は、実にどうも大したお人だと、私にもわかるねえ、小杉さん」

「何しろ、備前《びぜん》岡山三十一万石の池田侯が気に入られて、十年も下屋敷へ住まわせておくお方だからね」

「ふうん……」

「八十五歳におなりだそうな」

「ええっ。おどろいたね。背すじがぴいんと伸びていて、はじめは六十そこそこだとおもいましたぜ」

これより先、桑名屋を出た平尾要之助は、辻駕籠を拾って、品川台町へ向いつつあった。

「ゆっくりとやってくれ」

駕籠舁《か》きにいいつけ、中へ乗り込んだ平尾は両眼を閉じ、しずかに闘志をたかめはじめた。

おしまは昨夜、桑名屋へ帰って来なかった。

「江戸に、私が泊るところはいくらでもありますよ」

かねてから、おしまは平尾にそういっている。

(あの女、ふしぎな女だ)

平尾の口もとに、苦笑が浮かんだ。

(梅安たちを片づけてから、あの女と上方で暮すのも悪くないな)

苦笑が消え、そのかわりの微笑が生じた。

六

為斎・浅井新之助老人が、雑子の宮神社の南面の畑道へ出て来たとき、日は落ちかかり、あたりに夕闇がたちこめてきはじめた。

北方を見ると、品川台町の屋並が丘の上にあって、もう、灯りを入れている家もあった。

(小杉十五郎は在宅かな?)

この前に十五郎を訪ねたとき、

「当分は、此処をうごきませぬゆえ、いつなりと、お暇《ひま》つぶしにお出かけ下さい」

と、十五郎はいった。

十五郎は碁をたしなむ。浅井為斎とは、ちょうどよい相手であった。

(あの男、いつまでも、世捨人《よすてびと》にしておくのは惜しい)

浅井老人は折を見て、十五郎のことを池田家へ推挙しようか、とも考えている。

それには、よい機会を得なくてはならぬ。

いまの大名家は、なかなか、一介の浪人を召し抱えることをしない。たとえ、殿様が承知をしても、家臣たちが承知をしない。

現に、池田侯は浅井為斎を、わが家来にしたいとおもっているのだが、なかなかに事が運ばないのだ。

浅井為斎が、品川台町の通りが坂になっている、その坂下まで来たとき、平尾要之助は、坂の上まで来て、駕籠から降りた。

少し前に、大野原の庄八は、茶店の屋台をたたみ、帰途についている。

平尾は、雉子の宮を通り過ぎ、梅安宅の南側から、斬り込むつもりらしい。

梅安宅の庭の木立は、南へつづいていて、その間を抜けて行くと、裏口へ出るのだ。

おせき婆さんは、半刻ほど前に帰って行った。

平尾が木立へ入ったとき、浅井為斎は、坂道をのぼりきったところである。

「むう……」

低く、唸《うな》り声《ごえ》を発した平尾は、気分のたかまるのを待ちながら、大刀の鯉口《こいぐち》を切った。

いま、平尾は、ひたすら小杉十五郎への闘志を燃やしていた。

三浦十蔵ほどの男へ重傷を負わせた小杉十五郎は、平尾になりすまし、兄の源七を殺すのに、はたらいている。

兄には、別に兄弟の愛を感じていない平尾要之助だが、事が、ここまでくると、

(小杉を討って、兄の敵を……)

どうしても、その気持ちになってくる。

なによりも、一個の剣士として、小杉十五郎に対決したい平尾要之助であった。

雉子の宮の杜《もり》で、しきりに鴉《からす》が鳴いていた。

そろりと、平尾の右手が大刀の柄にかかった。

夕闇が濃くなってきている。

平尾の躰がうごいた。

少しずつ、少しずつ、平尾は梅安宅の裏口へ近づいて行った。

(よし!)

気力が充実してきて、平尾の両眼は殺気にふくらんだ。

梅安宅には、すでに灯りが入っている。

台所にも灯りがついていて、人影がうごいていた。

(小杉か……いや、もう一人の男だろう)

かまわない。戸を蹴破って、皆殺しにするつもりであった。

あたりに、全く、人の気配はないと、平尾はおもった。

しかし、平尾が裏口へ近づき、戸を体当りで打ち破ろうと身をかまえた瞬間に、

「もし、そこな人」

どこからか、しわがれた声がかかった。

おもわず、平尾はぎょっとなった。

振り向いて見ると、いままで平尾が隠れていた木立から、音もなく、ひとりの老人があらわれた。浅井為斎である。

「そこな、お人。何ぞ、この家《や》に用がおありか?」

しずかにいったときには、音も気配もなく、あっという間に、老人が平尾要之助の左横側へ立っていた。

平尾は、おどろくと同時に、

(面倒な。かまわぬ、この老人を先ず血祭にしてくれよう)

と、おもった。

平尾は左足《さそく》を引きざま、物もいわずに抜き打った。

いない。老人がいない。

平尾にしてみれば、万に一つも逃さぬ、自信にみちた抜き打ちであったが、老人はふわり、と、事もなげに、これを躱《かわ》していたのだ。

そればかりではない。

老人……浅井為斎は、恐れ気もなく、平尾の正面へ身を移し、凝《じっ》と、平尾の顔を見まもった。

(うぬ……)

脇差一つを帯したのみの、何処かの隠居らしい老人を睨《にら》みつけたまま、平尾要之助は、身うごきができなくなってしまった。

殺気というのではない。むしろ、威厳《いげん》といったほうがよいであろう。細い、いかにもたよりなげな老人の五体から放射してくるものに、平尾は圧倒された。

(この老人、何者か……?)

夕闇が尚も濃くなってきて、老人の顔はさだかではない。

平尾は、苛《い》らだち、焦った。

その苛らだちが、平尾をそそり、

（何の……）

あくまでも、この老人を斬らなくてはやまぬ気にさせた。

平尾は一歩、大きく踏み込んだ。

老人がくっくっと笑い、

「よしたがよい。逃げよ。さすれば追わぬ」

この言葉が、平尾をかっとさせた。

平尾は、間合いをはかる余裕もうしなったままに、じりじりと為斎にせまり、

「む!!」

いきなり、二の太刀《たち》を浴びせかけた。

またしても、手ごたえはなかった。

それぱかりか、飛鳥のごとく、平尾へせまった浅井為斎が、ぐっと腰を沈めて抜き打った。

平尾は、右の腕に、たとえようもない衝撃をおぼえ、われ知らず、大刀を取り落してしまった。

「帰れ、逃げよ」

為斎は、あくまでも物しずかにいう。

平尾は、戦慄《せんりつ》した。

「逃げぬと、捕えるぞよ」

「あ……」

この老人なら、自分を捕えるだろうことに、いまは平尾も納得せざるを得ない。

「腕の筋を切っておいた。当分は刀を使えまい」

「う……」

「それとも、相撲のように取り組んでみるか？」

ふわりと為斎が近づいて来たときには、もう平尾にとって、限度であった。

平尾要之助は身をひるがえし、夢中で逃げはじめた。

浅井為斎は、これを追おうともせぬ。

梅安宅では何も知らぬほど、しずかな決闘であった。

浅井為斎は、そのまま、立ちつくしている。

平尾要之助は品川台町の通りを突切り、雑木林の中へ逃げ込んだ。

左の腕

一

平尾要之助の、右腕の傷は、それほど深いものではなかった。

桑名屋へ引きあげた平尾は、

(なあに、これしきの傷、自分で手当をすれば癒《なお》る)

はじめは、そうおもった。

しかし、刀の柄《つか》が、どうも、うまく握れない。

長目の脇差を、こころみに抜き打ってみたが、

（どうも、これではだめだ）

ちからが入らないのだ。

そこで平尾は、御徒町《おかちまち》に住む、外科医の小川元敬《おがわげんけい》のところへ行き、診断を受けた。

「ふうむ、これは……」

いいさして、元敬は絶句した。

「これは、どうした傷なのです？」

この元敬の問いに、平尾はこたえるわけにいかなかった。

「いや、その、剣術の仲間と、ちょっと争いごとがありましてな」

「なるほど」

「いかがでしょう？」

「傷そのものは、心配ないが、筋を切られています」

「…………」

「永久にとはいわぬが、当分は、不自由でしょう」

「ははあ……」

「手当は自分でもできる。もう少し、早く来てくれるとよかったのだが……」

元敬はそういって、膏薬《こうやく》をくれた。

平尾は、帰途、御徒町の刀屋で、長目の脇差、肥前《ひぜん》・兼広《かねひろ》一尺七寸余を買いもとめた。

かなり、高価なものだったが、いまは、そんなことをいってはいられない。これからはこの脇差で身を守り、梅安を斬らなくてはならぬのだ。

桑名屋へ帰ってから、平尾は、兼広の脇差を右腰へ差してみた。どうも、勝手がちがうのは当然だろう。

そして、左手で右腰の脇差を抜き打ってみた。

平尾ほどの剣士だから、できぬことではない。二度、三度と平尾は抜き打ちの稽古《けいこ》をしてみた。

（これから、何度も稽古をすれば、できぬことはない）

そうおもったが、以前のような自信はなかった。

（それにしても、あの老人は何者だったのか？）

ともかくも、凄《すご》い手練《しゅれん》のもちぬしといわねばならぬ。

その老人、為斎《いさい》・浅井新之助は、あの夜、小杉十五郎に会わぬままに、松平・下屋敷へ帰ってしまった。

（牛堀道場での紛争が、まだ、尾を引いているのか……？）

そうおもったからである。

いまの浅井為斎は、面倒なことに関わりたくない。しかし、あの浪人が十五郎を斬りに来たことだけは、どうやら間ちがいではないようだ。

(十五郎も剣客としての宿命をたどらねばならぬのか……)

どうしたらよいものか、と、浅井為斎は毎日、考えているところだ。

平尾要之助は、久しぶりに桑名屋へ顔を見せたおしまに、

「おれも、使い物にならなくなってしまったよ」

傷を見せると、

「なんだえ、もう癒りかけているじゃあないか」

「医者に診せるのが、少し遅かったらしい」

当時は、現代のように外科手術が進歩していたわけではない。

小川元敬も、

「なまじ、いじらぬほうがよい。このままで、筋が生き返ることもあるとおもう」

そういった。

平尾は、左手の鍛練《たんれん》にはげむより仕方がないと、おもっているようだ。

一方、藤枝梅安は、依然として品川台町へ帰って来なかった。

梅安は、萱野の亀右衛門宅へ滞在したままで、新居の新築の仕度にかかっていた。

亀右衛門は、しきりに、自分の敷地内へ新築することをすすめたが、梅安は、これからも何かと油断ができない身の上だし、これを承知するわけにはいかなかった。

そこで、亀右衛門が諸方を歩きまわり、中目黒村の小高い丘の上に、敷地を見つけて来

た。

晴れた日には、富士山がのぞまれるし、木立と竹林に囲まれた場所で、梅安も一目見て、気に入った。

地ならしがおこなわれ、いよいよ新築の工事が始まるころには、一日ごとに春の気配が濃くなってきた。

この間、一度だけ、梅安は品川台町へ行き、こうした状況を告げている。

浅井為斎から、小杉十五郎へあてて、一通の手紙が届いたのも、そのころであった。

為斎は、あの夜の状況を包み隠さず書きのべ、自分の意見は一言もいわず、小杉十五郎に、くれぐれも身辺に注意するよう、書いてよこした。

十五郎や彦次郎が、おどろいたことはいうまでもない。

「これでもう、私は、浅井先生と、お目にかかれなくなってしまった」

ためいきを吐くように、そういった小杉十五郎の両眼が濡れているのを、彦次郎は見た。

三浦十蔵は、相変らず、荒物屋の二階にいる。

大野原の庄八が、近辺の人びとの口から聞き込んだところによると、藤枝梅安は、いっこうに帰って来ていないらしい。

「また、梅安先生は旅に出なすったようだ」

「あの先生も旅が好きだからねえ」

「だが、先生がいないと、何とはなしに心細いね」

などと、近辺の人びとはいっているらしい。

けれども、いまは、彦次郎の指圧、按摩の術も、めっきりと上達をして、軽い患者なら治療してやることができるようになり、

「小杉さん。私は、いっそのことに頭をまるめ、彦の市という名前に変えましょうかね」

そんなことをいって、十五郎を苦笑させたものだ。

三浦十蔵も、春めいてくると、無性に、竹の市の顔が見たくなった。

(どうしているかな、竹の市は……一度、神明裏の竹の市の家をたずねてみようか)

などと、おもっている。

そのことを大野原の庄八へはなすと、

「それならわけのないことですよ、先生」

「しかし、竹の市は盲目なのだ。とても、此処までは通いきれまい」

「それなら、駕籠を使えばいいじゃありませんか。もっとも少し、金がかかるけれど……」

「いや、金はいくらかかってもよい。しかし、うかつな駕籠屋にはたのめぬことだし……」

雉子《きじ》の宮《みや》の筋向いに、二人だけでやっている駕籠屋があるけれど、これは、さすがの三浦もたのめない。この辺りでは、すぐに人びとのうわさになってしまう。

よく晴れた、いかにも春の到来をおもわせる或日《あるひ》の昼すぎになって、昼寝に飽きた三浦十

蔵は、ふと、おもいたって竹の市をたずねることにした。

三浦十蔵が、竹の市をたずねると、竹の市は、なつかしがって、飛びつくように十蔵を迎えた。

二

十蔵が、いろいろとはなしをすすめると、

「この近くには、駕籠辰《たつ》という駕籠屋がございます。そこの駕籠でまいりますよ」

「そうか、そうしてくれるか。金は、いくらかかってもよい」

「では、いつ、うかがいましょう？」

「明日の夕刻ではどうだ？」

「ようございますとも」

というわけで、翌日の夕暮れを、三浦十蔵は待ちかねた。

竹の市は、間ちがいなく、駕籠に乗ってあらわれた。

「その駕籠は、待たせておけ」

十蔵は、早速、竹の市を二階にあげて、按摩をしてもらった。

「うーむ。お前は名人だな」

以前と少しも変らぬ竹の市の按摩術の心地よさに、三浦十蔵は、知らず知らず眠ってしまったほどだ。

竹の市を帰してから、十蔵は、

(このように、なかなか、梅安が帰って来ないのでは仕方もない。いっそ、おれが、南新網町の大野屋へもどるか……?)

などと、考えはじめている。

だが、その翌日に、大野原の庄八の耳へ、

「昨日、梅安先生がもどって来なすったが、すぐにまた何処かへ行ってしまったようだ」

という近辺の人のうわさが入った。

(ふむ。梅安め、ときどきは帰って来るようだな)

こうなると、三浦十蔵も宿を移すわけにはいかぬ。

(おれが昨夜、竹の市に躰を揉《も》ませていたとき、梅安は家にいたのやも知れぬ)

十蔵は、舌打ちをした。

大野原の庄八も、梅安があらわれたことを知らなかった。

しかし、いったん、竹の市の療治を受けた十蔵は、もう我慢がしきれなくなってしまい、五日後に、浅草の自宅へ帰る大野原の庄八にたのみ、また、竹の市に来てもらうことにした。

約束の日時に、竹の市は、駕籠辰の駕籠で姿を見せた。

「ああ、お前の腕はいいな。たまらない心地がする」

竹の市が帰ってからも、十蔵は、うっとりとしていたようだ。

これが四度、五度とつづくうちに、

「荒物屋の二階にいる浪人さんは、駕籠で按摩をよぶそうだ」

近辺にうわさがたちはじめた。

これを彦次郎に知らせたのは、下駄屋の金蔵であった。

「ぜいたくな浪人がいるものですねえ」

「ふうん、そうかえ」

何気もなく、聞いていた彦次郎の眼が光った。

(どうも、怪しい浪人だ)

そこで、彦次郎が小杉十五郎へはなすと、

「たしかに怪しい」

十五郎も、うなずいた。

「何しろ、外へは一度も出ないほどで、顔を見せないといいますぜ」

十五郎は、自分が顎《あご》を斬った浪人の顔を脳裡《のうり》に浮かべている。

こうして、近辺のうわさになっていることは、大野原の庄八の耳へも入った。

庄八は、すぐさま、三浦十蔵に告げて、

「こいつは、気をつけねえといけませんぜ」

「そうか、うわさになっているのか」

「このあたりは、江戸といっても、田舎同様でござんすからね」

「まずいな。何とか、別の方法を考えてみるとしよう」

「そんなに、あの竹の市という按摩が、お気に入りなので？」

「気に入っている。あの男の按摩もうまいが、人柄が、妙におれと合っているのだ」

「それなら、やはり、此処へ呼んだりしてはあぶねえとおもいますよ」

「そうだな。おれも、そうおもう」

春は、たけなわであった。

三浦十蔵が、

「あっという間に春になった……」

と洩らしたが、そのとおりであった。

さて、梅安の、中目黒における新築工事は、目に見えてすすみつつある。

三浦十蔵は、ようやく移転の決意をした。

南新網町の大野屋ではない。芝の新銭座町の宿屋〔八《や》尾《お》屋《や》宗七〕方へもどることにしたのだ。

荒物屋の夫婦にも、近辺の人びとにも知られぬようにして、十蔵は引き移って行った。

大野原の庄八は、依然、屋台の茶店を出している。

そうした、ある夜。

しとしとと、暖い雨がふりけむる夜であったが、

「ちょっと出て来る」——

いいおいて、平尾要之助が、夜の桑名屋を出て行った。

今日の平尾は、右腰に、兼広の脇差一つを帯したのみであった。

平尾はあれから、左腕で、右腰の脇差を抜き打つ稽古を、人知れず、何度も繰り返してきた。

今夜は、その結果を試してみるつもりなのだ。

いうまでもなく、それは、辻斬りによって試そうというのである。

平尾は、先ず上野山下へ出た。山下の〔橋本〕という蕎麦屋へ入って、酒をたのみ、ゆっくりと、しずかにのんだ。のむうちに胸の中が落ちつき、それが勃然《ぼつぜん》と殺気に変って来るのを待った。

この夜、平尾要之助が目をつけたのは、この近くの旗本屋敷にでも奉公をしているとおもわれる、若い侍《さむらい》であった。

（これなら殺《や》れる）

平尾は、自信をもって、そうおもった。若い侍は提灯を手に、上野山下から、浅草へ真直《まっすぐ》に通じている新寺町《しんてらまち》通りを東へ向っている。

この通りは、その名のとおり、両側に、びっしりと大小の寺院がたちならび、夜ともなれば、人通りも少ない。

もっと尾《つ》けて、裏道へ入ってからとも考えたが、あまりに人通りがないので、

(よし、やるか……)

平尾は、決行する気になった。

前を行く若侍の提灯を見つめ、平尾は間を詰めて行った。

平尾が、右腰の脇差……の鯉口《こいぐち》を、右の手で切り、左手で柄を握りしめたのは、若侍が東《とう》園寺《えんじ》の門前へさしかかったときである。

ひたひたと、追いせまった平尾要之助が、若侍の右傍《わき》へ出るや、右腰の脇差を抜き打った。

若侍の提灯を切ったのだ。

「何者だ？」

叫んで、若侍は、よろめきながら飛び退き、大刀の柄へ手をかけた。

平尾は、それへ向って、二の太刀《たち》を送り込んだ。

「曲者！」

若侍は大刀を抜き合わせ、平尾へ斬りつけてきた。

「う……」

平尾は飛び退き、

（いかぬな、これは……）

と、おもった。

若侍が強いというのではない。

以前の平尾なら、少しもおどろかなかったろうし、若侍を仕止めていたろう。

真剣の勝負は、間合いのいかんにかかっている。

ところが、左腕の脇差では間合いも狂うし、刃《やいば》が、おもうように伸びない。

「名を名乗れ」

若侍が叫び、通りの向うから提灯が走り寄って来るのが見えた。ますます、いけない。

平尾は身を返し、夢中で走り出した。

（いかん、いかん。こんなことでは、とても梅安を殺《や》ることはできぬ）

裏通りへ入り、だれも追いかけて来ないのを知ってから、平尾は脇差を鞘におさめ、荒い呼吸をしずめた。躰が冷汗に濡れている。

桑名屋へもどる途中で、平尾は酒をのみ、宿へ帰ると、蒲団をかぶって寝てしまった。

（これは、梅安どころではない。仕掛けの稼業もできないことになったか……）

平尾は、すっかり、自信をうしなったようである。

三

そのころの或日《あるひ》。藤枝梅安は、久しぶりで品川台町の家へ帰った。

大野原の庄八は雉子の宮の茶店を休んでいた。風邪を引いたのだ。

梅安は二日、三日と泊って、目黒には帰らない。

下駄屋の金蔵が来て、荒物屋の二階にいたという浪人のはなしをしたのは、このときである。

「なんでも浪人のくせに、芝の神明から、かかりつけの按摩で、竹の市とかいうのを、駕籠で呼んだりしていたそうですよ」

金蔵は、荒物屋の主人と仲がよいので、竹の市の名前まで知っていた。これは、十蔵が、荒物屋の主人の前で「竹の市」と呼んでいたからだ。

「竹の市、ね」

うなずいた彦次郎の眼が光った。

「芝の神明か……」

翌日、彦次郎は、小杉十五郎を残して、外へ出て行き、難なく、竹の市の住居《すまい》を探し出してしまった。

夕暮れになり、竹の市が三浦十蔵に呼ばれ、新銭座町の〔八尾屋〕へ行くのを尾行して、これも突きとめた。

荒物屋の主人が下駄屋の金蔵に語ったところによると、雉子の宮の門前へ茶店を出している男も、よく、たずねて来たそうな。

(あ、あの男か)

彦次郎も、大野原の庄八の顔を見たことがある。

藤枝梅安は、竹の市についても、庄八についても、黙っていたが、ややあって、

「その八尾屋という宿屋に泊まっている浪人が、この前に、私を殺そうとしたやつか、どうか、それを知りたいね」

ひとりごとのように、つぶやいた。

「それは、私が引き受けよう」

言下《げんか》に、小杉十五郎がいった。

彦次郎は、三浦十蔵の顔を見知っていない。知っているのは、十五郎と梅安のみだ。

「では、小杉さんにお願いしましょう。いまのところ、私は、まだ、あの浪人の前へ顔を見せないほうがいいとおもっているのでね」

彦次郎が黙ったまま、梅安をちらりと見やった。

十五郎が、

「梅安さん。事の成り行きで、あの浪人を、私が斬ってもいいのか?」

「いいや、それは待って下さい」

「どうして?」

「私はもう、小杉さんに人を斬らせたくないのですよ」

梅安の、その声には、十五郎を、というよりも、自分をいたわっているような響きがこもっていた。

この夜、藤枝梅安は家を出て、萱野の亀右衛門宅へもどって行った。

ところで、三浦十蔵は、日課のようにしている居合抜《いあいぬ》きの稽古は欠かさないが、いささか退屈になってきている。辻斬りも四件ほどやっていた。

(梅安がいなくともよい。いっそ、あの浪人と勝負を決しようか……)

とも、考えぬではない。

大坂の切畑の駒吉も、じりじりしていることであろう。

何しろ、十蔵は、莫大な仕掛料の半金を受け取っている。これは、平尾要之助も同様であった。

「なあ、おしま」

ある夜、いつものように、桑名屋の二階で、おしまを抱いたとき、平尾が、

「いつか、おれがいったことをおぼえているか？」

「どんなこと？」

「ある男を殺《や》れば、きっと、梅安が江戸へ帰って来るといったことを、だ」

「あ、おぼえている」

「その男の名をいおうか」

「ええ、聞きましょう」

「音羽の半右衛門だ」

「えっ……」

これには、さすがのおしまもおどろいた。

「どうだ。お前、手引きをしてくれるか？」

「………」

「この左腕でも、半右衛門なら斬れるとおもう」

しばらく考えた後に、おしまは、

「それも、おもしろうござんすね」

「それなら、大坂の切畑の駒吉も、きっと、よろこぶにちがいないとおもうが、どうだ？」

「ええ。そのほうが、却《かえ》って、梅安を殺るよりも、よろこぶかも知れません」

平尾の眼に、見る見る殺気が浮いてきて、

「どうだ。手引きをしてくれるか？」

「ようござんすよ。それには、手段《てだて》を、よく考えないとね。何しろ、相手は音羽の元締だから……」

「いや、あまり、混み入った手段を考えぬほうがよい」

「ああ、もう……」

おしまは、昂奮《こうふん》の色を隠さなかった。

身もだえをして、双腕を平尾の頸《くび》へ巻きつけ、

「お前さんが、そんなことをいうから、眠れなくなってしまった……」

「もっと、こっちへ来い」

平尾に抱きしめられながら、

(私も、ずいぶん変った。だって、音羽の元締を殺す手つだいをしようというんだから……)

恐れつつも、何だか躰の芯が燃えあがって来るような気がした。

「でも、平尾さん。腕の傷は大丈夫なんですか？」

「もう癒ったも同様だ。あとは、気持ちだけだ」

あの夜の、辻斬りの失敗を平尾要之助は忘れようとしている。音羽の半右衛門なら、

(きっと殺《や》れる)

そうおもっているし、このごろは、左腕もおもうようになってきた。

そうときまってから、平尾は、また辻斬りに出た。

今度は、目ざす相手を追い越しておいて、振り向きざまに斬った。

相手は、中年の侍だったが、

「あっ」

平尾の一刀を顔に受け、よろめくところを、平尾は右手を脇差の柄にそえて、体当りのように、脇差を腹へ突き入れたのである。

中年の侍は、戸板を倒すように、仰向けに倒れて息絶えた。

(よし。これでいい)

何だか、右手も利くようになってきたかのようだ。平尾は心強くもなり、自信も取りもどした。

(そうだ。音羽の半右衛門も、このように殺ればよいのだ)

春も終った。

燕が江戸市中に飛び、苗売りの声がきこえはじめた。江戸にも初夏が来たのだ。

或日。小杉十五郎は、編笠をかぶり、彦次郎へ、

「ちょいと、出て来る」

いいおいて、品川台町の家を出て行った。

「早く帰って下さいよ。今日はね、鰹《かつお》が入りますからね」

「そうか。それは、たのしみだな」

十五郎は、台町の坂を南へ下って行った。

大野原の庄八は、病気が癒り、また、屋台の茶店を出している。

(どうも、三浦先生は、こっちにいたほうがいいのだがな)

四

この日、小杉十五郎は、浅井為斎をたずねるつもりで家を出た。

下屋敷内の浅井為斎の長屋は二間つづきで、この長屋に、為斎は簡素な生活をいとなんでいる。

「これは、よくこそまいられた」

為斎は、よろこんで十五郎を迎えた。

為斎の傍《かたわら》に、白鞘《しらさや》の大刀があった。

この大刀は、あの夜、平尾要之助が為斎に右腕を斬られたとき、取り落したものを、為斎が拾って来て、仮《かり》の白鞘へおさめたものなのだ。

「無銘《むめい》だが、よい刀じゃ。人の血を大分、吸っているような……」

　こういって、為斎は十五郎に、その大刀をわたし、

「もう夏が来るのう」

「は……」

「早いものじゃ」

「まことに……」

　為斎は、碁盤を持ち出して来て、

「どうじゃ？」

「御相手をいたします」

　二人は、碁を打ちはじめた。

　しきりに鳴く閑古鳥《かんこどり》（郭公《かっこう》）の声が聞こえる。下屋敷だけあって、宏大な樹林があるのであろう。

「のう、十五郎」

「はい」

「わしが、この春に届けた手紙を見たであろうな？」

「拝見いたしました」

「おぬしは、まだ、人の恨みを買うようなことがあるのか？」

　十五郎は黙った。こたえようがない。

「剣を捨てたらどうじゃ、わしのように」

「は……」

「できぬか。できぬことはあるまい」

「私ごとき、つたない男でも、剣は心のよりどころなのでございます」

「そうか、ふうむ……そうであろうな」

浅井為斎は碁石をつまみながら、低く唸《うな》った。

「どうじゃ、十五郎。主《しゅう》に仕える気はないか？」

「私は、そのようなことが勤まる男ではありませぬ」

「何も大名家に限ったことではない。どこぞの旗本でもよいではないか」

「折角ながら……」

老剣客ながら、浅井為斎は交際がひろい。このようなことを口に出すからには、何か心当りがあるのやも知れぬ。

だが十五郎は、早目に辞去した。

これから芝の新銭座町の宿屋〔八尾屋宗七〕方の様子を見て来るつもりであった。

十五郎は松平家・下屋敷を出て、品川台町の坂下で駕籠を拾い、新銭座町へ向った。

このごろは、目に見えて、日足《ひあし》が長くなってきている。

〔八尾屋〕は、すぐにわかった。

十五郎が物蔭へ身を寄せたとき、

「ちょいと出て来る」

三浦十蔵が〔八尾屋〕から出て来た。近頃は、すっかりなじみとなった店で、酒をのむつもりなのだ。

別に用事があったからではない。

「あ、そうだ。一刻《いっとき》ほどのちに、いつもの竹の市をよんでくれ」

宿の者にそういって、十蔵は〔八尾屋〕を出た。

この日、十蔵は笠をかぶっていなかった。

ゆえに、物蔭から、小杉十五郎は、はっきりと三浦十蔵の面体《めんてい》を見とどけることができたのである。

(まさに……)

あのときの浪人にちがいない。

十五郎が斬った顎のあたりを、紫色の絹《きぬ》の布でおおい、大小の刀を腰に、十蔵は、ゆったりと遠ざかって行く。

(さて、どうしようか?)

十五郎は、しばらく考えた後に、品川台町へ帰ることにした。梅安には梅安の考えがあるとおもったからだ。

十五郎から、このはなしを聞くや、彦次郎も、

「明日は、私が出てみましょう」

「出て、どうする？」

「いえ、ちょっと、按摩の竹の市を探ってみたいのですよ」

「ふむ」

「梅安さんからも、たのまれているのです」

「いっそ、あの浪人を斬ってしまおうとも考えたが、あの躰つき、歩みぶりには、少しの隙もなかった」

「そうですか、なるほど。あいつは、また、こっちへもどって来るかも知れませんぜ」

そのとおり、荒物屋の二階は、いつ十蔵が帰って来てもよいように、空けてある。大野原の庄八が手配をしたのであった。

十蔵も、

(何といっても、此処では、いざというときに間に合わぬ)

そう、おもいはじめているところだ。

現に、庄八が風邪を引き、店を休んだとき、梅安があらわれたと、近所の人びとがうわさをしていたそうではないか。

ともかくも、近くにいないとどうにもならぬと、三浦十蔵はおもった。

翌日、小杉十五郎を残し、彦次郎は新銭座町へ向った。

途中で気が変り、神明町へ行き、竹の市の住居《すまい》を尋ねると、これは、すぐにわかった。このあたりでも、竹の市の評判はよかった。竹の市には子供がなく、お直《なお》という女房がいるらしい。

竹の市は、何処かへ治療に出かけたらしく、留守であったが、彦次郎は住居の近くの蕎麦屋へ入り、竹の市を待つことにした。

竹の市が帰ったころを見はからって、彦次郎は蕎麦屋を出た。竹の市の住居は俗に「神明裏」とよばれているが、本当は三島町《みしまちょう》という。西側には、増上寺《ぞうじょうじ》の宏大な境内がひろがり、その東端に、飯倉《いいくら》神明宮の社殿がある。ゆえに「神明裏」と、人びとは呼んでいるのだ。

竹の市の住居は、三島町の細道を西へ入ったところにあった。

二間だけの小さな家であったが、竹の市夫婦は、意外なほど、小ぎれいに住み暮している。その奥の一間が治療室であった。

「私は、神谷町《かみやちょう》に住んでいますが、お前さんの評判を聞き、やって来ました。此処で揉んでいただけますか？」

用意の手土産を出し、彦次郎がそういうと、竹の市は大いによろこんだ。神谷町のあたりまで、自分の腕が評判になっていると聞き、気をよくしたのであろう。

「かまいませんとも。こちらへお通り下さい」

女房は無口だが愛想がよく、にこにこしながら、蒲団を治療室へ敷きのべた。

竹の市は、早速、彦次郎の躰に取りついて、

「旦那。筋肉が締まっていますねえ」

「そうかね」

「何か、剣術でも、おやりですか?」

「とんでもない。私は、菓子屋ですよ」

「ふむ、ふむ。このあたりは、いかがで?」

「ああ、いい気持ちだ」

このごろの彦次郎は、自分も按摩、指圧の治療をするだけに、

(なるほど。竹の市は大した腕だ。この男に揉まれたら、病みつきになってしまうのも、もっともだ)

そうおもった。

「ここは、いかがで?」

「あ。ちょっと痛むような……」

「肝ノ臓が腫《は》れておりますよ。少し、お酒をおひかえになったほうがようございます」

と、竹の市は梅安と同じようなことをいったりした。

「この近くの宿に泊っていなさる御浪人が、大層、私をひいきにして下さいます。この方の

筋肉も大したもので、一通り揉んだり圧したりすると、こちらのほうが、ぐったりしてしまいます」

　その浪人こそ、梅安を仕掛けに来た男にちがいない。

「だが、それだけに、お前さんの揉み療治を受けたら、もう、やめることができないだろうね？」

「その御浪人も、そういって下さいますよ、おかげさまで」

　竹の市は、警戒する様子もなく、

「はい。その御浪人は、三浦十蔵様とおっしゃいますがね」

「ほう。すると、毎晩、揉みに行くのかね？」

「いえ、三日に一度ほどでございます」

「なるほど」

「別に、どこといって、躰が悪いわけではないのですから」

「よほど、お前さんの治療が気に入っているのだ」

「はい。よい気持ちだ。これだけがたのしみだといって、私が揉んでいるうちに、ぐっすりと眠っておしまいになります」

「そうか、そうか」

　彦次郎は、竹の市の腕をほめたたえて、

「私も何だか、その御浪人と同じようになってしまったようだ。これからも竹の市さん、たのみますよ」

そういうと、竹の市は、実に、うれしそうな顔になった。

竹の市は、盲目でも心がねじれていない、善い人柄らしい。

「私はね、商売柄、外へ出ることが多い。これからも、私のほうから此処へ来ても、療治をしてもらえますか？」

「はい、はい。私が家におりますときは、いつでもよろしゅうございます」

「そりゃあ、ありがたい」

今日は、これくらいにしておこうと、彦次郎はおもった。あまり、三浦浪人のことを聞いては、却《かえ》って怪しまれる。

品川台町へ帰り、十五郎に告げると、

「三浦十蔵という名前がわかっただけでも、よかった。これで三浦の宿もわかったことだし、梅安殿に早く知らせたいものだ」

「竹の市というのは、たしかにうまい。何だか、私も三浦のような気持ちになってきましたよ」

「梅安殿は、いま、何処にいるのだろうか？」

「萱野の元締のところだとおもいますがね」

「明日、私が行ってみようか」

「いや、それよりも、私が行きましょう」

「そうしてくれるか」

「そうします」

「何だか、日毎に暑くなってくるようだ。もうすぐに梅雨になるな」

「まったく、長雨つづきの毎日は、嫌になりますねえ」

彦次郎は、いまから、げっそりした口調でいった。

翌日は、朝から雨になった。

「まさか、梅雨に入ったのではありませんかね」

「少し早い」

そういっているところへ、ひょっくり、藤枝梅安があらわれた。

「彦さん。いい家が建つぞ」

「たのしみですねえ、そいつは」

「ほとんど、小杉さんの図面どおりだ」

梅安は絵図面をひろげ、

「ほら、ね」

「なるほど。今夜は、こっちへ泊るのでしょう」

彦次郎から竹の市のことを聞き、梅安が、

「彦さん。せいぜい、その竹の市と仲よくしておいてくれ、たのむよ」

「ようござんす」

「では、私はこれで」

腰をあげた梅安へ、

「なあんだ。旨《うま》いものを食べさせようとおもったのに」

「ちょいと、ほかへ廻るところがあってね」

雨の中を、梅安は出て行った。

(梅安さんは、浅草の井筒へ行くつもりではないだろうか?)

ふと、彦次郎は、そうおもった。

果して、通りかかった辻駕籠へ乗った梅安は、

「浅草の橋場までやって下さい」

と、いった。

五

藤枝梅安が、浅草・橋場へ着いたころには、雨はあがっていた。

料理屋〔井筒〕へ立ち寄ったのは、それとなく、おもんに別れを告げるつもりだったのである。

何といっても、あれだけ長い間、男女の関係をつづけてきたおもんだけに、顔も見ぬまま別れるには、梅安としても心残りがあったのだ。

それに、おもんが〔井筒〕の女主人として、うまくやっているか、どうかも気がかりであった。

また、梅安自身が、どのようなことになるか知れたものではないのだし、最後に、まとまった金《もの》をわたしておきたかった。

三浦十蔵のことといい、どのような男に、怨念をうけ、一命をねらわれているか、知れたものではない。

そのことを、梅安は、このごろ痛切に感じるようになってきた。

家を新築することになって、梅安は、そのおもいを尚更《なおさら》に重く感じている。

(こんな私が、いつまでも、おもんの側《そば》にいることはよくない。いや、もっと前に別れているべきだったのだ)

このことである。

梅安が〔井筒〕の玄関へ入って行くと、

「あっ。梅安先生……」

「まあ、おめずらしい」

下足番の三吉や女中たちが、梅安を取り囲むように集まって来た。

〔井筒〕は、以前のように、塵《ちり》ひとつとどめてはいなかった。

奉公人たちの顔も変らず、何か、一種の活気にあふれている。これは、おもんが女主人になっても、以前と変らぬ繁盛《はんじょう》をしていることをものがたっていた。

梅安は、ほっとするおもいであった。

主人の与助夫婦は、すっかり隠居のかたちで、同じ敷地内に小さな隠居所を建てて暮していたが、梅安が来たと聞いて挨拶に急いであらわれた。

梅安が通された部屋は、いつもの離れで、

「ああ、この座敷は、以前のままだね」

「はい。この座敷だけは、おもんが以前のままにといって、勝手にいじらせませんのでございます」

うなずいた梅安が、なつかしげに、あたりを見まわした。梅安にとっても、おもんにとっても、忘れ切れない思い出がこもっている座敷だ。

「おかげさまで、おもんが、よくやってくれまして、店のほうも、うまく行っているようでございます」

「それは何より」

〔井筒〕の女房が立ち去ってから、梅安は、用意してきた金二百両の金包みを出して、与助の前へ置き、

「これを、おもんさんにあげて下さい」

「えっ……こんな、大金を……」

「私の気持ちですよ。どうか受けてやって下さい」

「今夜はあの、お泊りに？」

「いや、そろそろ帰らぬと……」

「そんな、……おもんが帰ったら、悲しみます」

「いや、そうもしてはいられないのだ」

「おもんはいま、お客のお供をして、川向うへ行っております。こちらから、すぐに連絡《つなぎ》をすれば、帰ってまいります」

「それにはおよばない。御主人。私は、近いうちに江戸を離れなくてはならぬので、いろいろと用事があるのですよ」

「どちらへ、お行きなさいますので？」

「それが、ちょいと遠国へ、ね。さよう、今度は江戸へもどれぬかも知れぬ。おもんさんに、そうつたえて下さい。そうすれば、わかるはずです」

梅安の声には、有無をいわせぬ厳《きび》しいものがあった。

「そんな、急に……困った、困りました」

与助は、どうしたらよいか、わからぬように狼狽《ろうばい》している。

梅安は、おもいを絶ち切るように、

「では、これで」

座敷から廊下へ出た。

そして、

(却って、おもんがいなくてよかった。これでよい、これでよいのだ)

与助が、尚も立ちふさがって、帰すまいとするのへ、

「長い間、いろいろとありがとう」

ていねいに、梅安は頭を下げた。

落胆の色を隠そうともせぬ与助も、梅安の人柄をよく心得ているだけに、あきらめたらしい。これも、ひれ伏《ふ》すようにして、梅安へ頭を下げた。

女中たちは、ふしぎそうに、二人を見つめている。

梅安は、町駕籠も呼ばずに、橋場の道へ出た。

雨はすっかりあがって、西の空が明るかったが、そろそろ夕闇がただよってきはじめた。

ゆっくりと、梅安は歩き出した。

真土山《まつちやま》・聖天宮《しょうでんぐう》下の道へ出たとき、藤枝梅安は、ふと参詣をするつもりになった。

いつも、このあたりを通るとき、梅安は聖天宮へ参詣をする。真土山へあがって、大川をながめるのが好きな梅安であった。

いまは、日暮れどきで、参詣の人の姿も絶えている。

表門から入って、石段をのぼり、鳥居をくぐると、そこに額堂《がくどう》があり、小さな広場になっている。

梅安は何気もなく、広場を右へ行き、本社へ向う石段をのぼって行ったが、額堂の蔭にいた、二人の男女がこれを見送っていた。梅安は気にもとめなかった。

正面から入って来た梅安を見て、

「あ……」

女が、おもわず、小さな叫び声をあげて、あわてて、連《つ》れの浪人を額堂の蔭へ引っ張り込んだ。

女は、おしまである。連れの浪人は、平尾要之助であった。

「どうしたのだ？」

「平尾さん、向うの石段をあがって行く坊主頭の大きな男……」

「む……？」

「あれが、藤枝梅安ですよ」

「何と……」

この日、おしまと平尾は、聖天宮で待ち合わせ、どこかで酒食をしてから、桑名屋へもどるつもりだったのだ。

「あれが、梅安か……」

「ねえ、平尾さん。どうします？」

「ふうむ」

平尾は、あたりを見まわした。

人気はなかった。

刻一刻と夕闇は濃くなり、しきりに鴉《からす》が鳴いている。

「殺《や》るか……」

平尾は、勃然となった。

もともと、平尾が江戸へ来たのは、梅安を殺すためだったのである。

音羽の半右衛門を殺そうと考えたのも、梅安を江戸へよびもどすためであった。

「梅安め、江戸にいたのか……」

「ねえ、どうします？」

平尾は、身ぶるいをして、

「殺る」

と、いった。

「あたしは、梅安に顔を見知られているから、むしろ、出ないほうがようござんしょう」

「そうだ。出ないほうがよい」

いうや、平尾が右腰の脇差の鯉口を切った。

「大丈夫ですか？」

「梅安なら、殺れる。心配するな」

額堂の蔭から出ようとする平尾の袖をつかんで、おしまが何かささやいた。

平尾は、かぶりを振って、

「そんなことをしなくともよい」

「でも……」

「梅安に、却って怪しまれる」

「………」

「此処で待っていろ」

いうや、平尾要之助は、梅安の後から、本社への石段をのぼりはじめた。

そのとき梅安は、本社の前へぬかずき、長く祈っていた。

その梅安の後から、音もなく、平尾が近寄って行く。

音はしなくとも、気配はわかる。

振り向いた藤枝梅安が、

「……?」

いぶかしげに平尾を見やった瞬間、右腰をひねりざま、平尾が抜き打った。

襲撃

一

それは、まさに一瞬のことであった。

その一瞬の差で、藤枝梅安は平尾要之助の抜き打ちに斬られ、この世の人ではなかったろう。

また、抜き打った平尾も、

(やった!)

斬ったとおもったに相違ない。

だが振り向いて、いぶかしげに平尾を見て、平尾の左手が脇差の柄《つか》へかかった瞬間、いささかのためらいもなく、梅安は平尾へ組みついて行った。

この、するどい梅安の反射神経を、平尾は予期していなかった。

梅安は、平尾の左腕へ組みつき、そのまま、ぐるりと、平尾の背後へまわった。

平尾は振り切って、はなれようとしたが、梅安の巨体は巌《いわお》のようにかたく、ちからも強かった。

梅安は背後へまわるや、両腕で押え込んだ平尾の左腕を逆に上へまわした。

平尾の左手から、脇差が落ちた。

そのとき、梅安は上へまわした左腕を、ぐいと下へまわした。

だれの耳にもあきらかな、腕の骨が折れる音がした。

「わあっ……」

平尾の絶叫があがった。

梅安は、襟元《えりもと》へ隠してある仕掛針を抜きかけたが、やめた。

そして、す早く平尾から離れると、本社傍の石段を駆け下りて行った。

「う、うう……」

平尾の呻《うめ》き声が、まだ聞こえている。

駆け下りながら、梅安は、あたりを見まわした。

夕闇《ゆうやみ》がたちこめている境内には、まったく人の影がなかったけれども、本社正面の石段を昇《のぼ》って来る女がひとりいた。

(あ……あれは、おしまじゃあないのか?)

何故、此処《ここ》に、おしまがいるのか、梅安は不審におもったが、いまは、それどころではない。

梅安は、今戸《いまど》へ出て、辻駕籠を拾うと、

「品川台町へ行ってくれ」

と、命じた。

駕籠を下りたのは、坂を下ってからで、梅安は、用心ぶかくあたりを見まわしてから、裏口の戸を開けた。

同じころ、裏門から山谷《さんや》へ出た平尾要之助は、おしまに、

「駕籠を見つけてきてくれ」

「あい。桑名屋へ帰りますかえ?」

「いや、御徒町《おかちまち》へやってくれ。外科の小川元敬《げんけい》先生のところへ行く。う、ううむ。痛い」

「大丈夫ですかえ?」

「ま、死ぬようなことはねえだろうが……これでもう、平尾要之助もおしまいだな」

平尾は激痛をこらえつつ、

「それにしても、あの藤枝梅安というやつは恐ろしい男だ」

「いまさら、そんなことをいっても仕方がない」

おしまは、間もなく辻駕籠を見つけてきた。何だか、おしまには活気があふれているように見える。

活気というよりも、何かいそいそとして、平尾の世話をやいた。

小川元敬は添え木をつけて、左腕の手当をしながら、

「これは、痛かったろう？」

「はい」

「何だな、むしろ、前の右腕の回復を待ったほうがよいやも知れぬ。どうじゃ、右腕のぐあいは？」

「はあ。何となく、少しずつですが、元の感じがもどって来たような気がします」

「今度も、喧嘩《けんか》かね？」

「まあ、そんなところです」

あの、人を殺して何ともおもわぬ平尾が、元敬の前へ出ると、子供のように素直なのだ。

「ま、当分、通いなさい」

「はあ、そうします」

小川元敬という外科医を、平尾は信頼しきっているらしい。

元敬は、近くから駕籠を呼んでくれた。

元敬も、平尾には好意を抱いているらしい。なかなかに親切であった。

桑名屋へもどってから、おしまが、

「ねえ、平尾さん」

「何だ？」

「これから、どうするつもりなんです？」

「梅安のことか？」

「ええ。あきらめますか？」

「いいや、まだ方法はあるはずだ。これまで、おれは梅安というやつを見くびっていたようだ。なるほど、あれだけの男なら、三浦十蔵でも討てぬはずだ」

「いざとなれば、私にも考えがある」

「おしま。それは？」

「いざとなったときに、はなしますよ」

「こうなれば、ともかく、梅安よりも音羽の半右衛門のほうが先だ。おしま、まあ、こっちへ来いよ」

「いいんですか、そんなことをして？」

「女くらい抱けなくて、どうする？」

腕を伸ばしかけた平尾が、

「う、う。痛い。これはだめだ」

「それ、ごらんなさい」

「ああ……」

さすがに、平尾要之助は、ふといためいきを吐き、

「おれは、ほんとうにだめになってしまったのかな。もう二度と、人を斬ることができなくなってしまったのか……」

「それも、また、いいじゃあありませんか」

「…………」

平尾はむっとして、寝床へ寝転んだ。さすがに、気が滅入ったらしい。

また、雨音がしてきはじめた。

二

大坂の切畑の駒吉が、たまりかねた様子で、江戸へあらわれたのは、そのころであった。

「いったい、どういうことになっているのや？」

富田屋宇八に、切畑の駒吉が、

「腕の立つ浪人なら、まだ、いるぜ。探して江戸へ差し向けようか？」

「いえ、元締。あの二人で大丈夫ですよ。あの二人なら、きっと、やってのけます。ま、二人に会ってみてはいかがで？」

「むろん、会いてえものだ」

富田屋は、平尾の腕のことを駒吉に告げていない。まして、梅安に左腕の骨を折られたことも富田屋自身が知らない。

切畑の駒吉が急いでいるのは、何よりも江戸への進出であった。

おのれの縄張りを江戸へひろげれば、その利権は計り知れないものがある。

故白子屋菊右衛門が成しとげることを得なかった、江戸の暗黒街への進出を駒吉は夢に見ている。それで、藤枝梅安から始末することにしたが、ほんらいは、音羽の半右衛門を殺《や》ることが、ねらいなのである。

富田屋宇八が、先ず、居所が知れている平尾要之助に、切畑の駒吉を会わせた。このときに富田屋は、はじめて平尾の両腕がつかえないことを知り、おどろいた。

平尾は、

「このざまでは、どうしようもない」

苦笑まじりにいって、

「だが、元締には半金をもらっているのだから、それだけのことはするつもりだ」

と、いった。

駒吉は、

(まんざら、嘘《うそ》ではない)

そうおもったようだ。

「だがな、富田屋。こうなっては、あの二人にまかせてはおけねえ。おれは、いったん上方《かみがた》へもどり、強い男《の》を選らんで、江戸へ引っ返して来る。だから、万端《ばんたん》の仕度をたのむぜ」

三浦十蔵の居所は、相変らず不明であった。

それで、大野原の庄八を呼んで聞くと、

「三浦さんには私がついております。これで、梅安さえ家へ帰ってくれば、いつでも仕掛けるようにしてありますよ」

と、いう。

「そうか。まだ、梅安は江戸へ帰っていねえのか」

「いえ、それが、よくわからねえので……時折、ふらっと顔を見せることもあるらしいのでごぜえますよ」

いずれにしても、要領を得ない。

(こいつは、三浦と平尾にまかせておいては、どうにもならねえ)

切畑の駒吉は江戸を去り、大坂へ帰って行った。

江戸は、梅雨に入っていた。

駒吉が新しい仕掛人を、江戸へ連れて来るのは、夏も盛りになってからであろう。

平尾要之助は、

「うむ。少しずつ、右手が利くようになってきたようだ」

おしまに、そういって、

「このぶんなら、殺《や》れるかも知れねえ」

「だれを、さ?」

「音羽の半右衛門をだ」

生気がよみがえって来たかのようだ。

そのころ、彦次郎は、神明裏の竹の市の家へ姿をあらわした。

たっぷりと、みやげものを持ち、

「私も、どうやら、お前さんの虜《とりこ》になってしまったようだ。これからは三日に一度ほど、やって来るかも知れませんよ」

「はい。ようございますとも。旦那なら、毎日でも……」

竹の市も、彦次郎を大いに歓迎する。

三浦十蔵が、品川台町の荒物屋の二階へもどることに決めたのは、それから半月後のことであった。

大坂から切畑の駒吉が様子を見に来たというし、梅安は、江戸の何処かに潜《ひそ》んでいるらしい。

三浦十蔵としても、八尾屋《やおや》にとどまって、竹の市の按摩《あんま》をたのしんでもいられない心境になってきた。

大野原の庄八に告げると、

「ぜひとも、そうしておくんなさい。それが本筋というものでござんすよ」

「おれは、いつでもよい。荒物屋のほうをたのむ」

「ようござんすとも」

毎日、雨がつづいている。

大野原の庄八が連絡をつけ、十蔵が重い腰をあげ、荒物屋の二階へもどった日も、雨であった。

藤枝梅安は、新居の普請《ふしん》に熱中している。

「おもしろい、おもしろいよ。自分の家を建てるなぞということが、これほど、おもしろいものだとは知らなかった」

そういう梅安の、顔つきまで違ってきたようにおもえる。

小杉十五郎は、ときどき、普請の様子を見に出かけ、

「さすがは梅安どのだ。よい家になりそうだぞ」

彦次郎も行って見たかったが、

「たのしみは、後に残しておいたほうがいい」

そういって、出かけなかった。

それよりも彦次郎は、竹の市の家へ出かけて行くほうが多い。

「そうだ。小杉さんにも、一度、竹の市を見知っておいていただいたほうがいい。そうして下さい」

「おれは、按摩に興味がない」

「でも、一度、見ておいてもらったほうがいいとおもいますよ」

「何か、わけがあるのか？」

「ありますとも」

「どんなわけだ？」

「これはね、小杉さん。梅安さんに関わり合いがあることなのです。ま、のみながら、ゆっくりとはなしましょうよ」

彦次郎は、台所へ行き、湯豆腐の仕度にかかった。

梅雨どきの湯豆腐は、彦次郎が、もっとも好むところのものだ。

品川台町の豆腐屋が、毎日のようにとどけてくれる。大根を千六本《せんろっぽん》にして、豆腐と共に煮るのが、彦次郎の湯豆腐であった。こうすると、ふしぎに豆腐の味がよくなる。梅安は梅雨

どきになると、

「そろそろ、彦さんの湯豆腐がはじまるね」

敬遠気味だが、小杉十五郎は平気だ。

「ねえ、小杉さん」

「ふむ?」

「このはなしは、まだ、梅安さんにはないしょにしておいて下さいよ」

「わかった」

二人のはなしは、雨音がこもる部屋の中で、いつまでもつづいた。

三

荒物屋の二階へ移って来て三日目に、三浦十蔵は、辛抱《しんぼう》ができなくなった。

按摩の竹の市を、

「駕籠で送り届けてくれるよう、手配をしてくれ。たのむ」

大野原の庄八に、たのんだ。

このところ、毎日、雨なので、庄八は茶店の屋台をやすんでいる。

「仕方がねえなあ、三浦先生は……」

「たのむ。たのむよ、なあ、おい」

そこで、庄八が神明裏へ行くことになった。庄八は、裏口から出た。

（おや？　あの男は……）

裏道を、品川台町の通りへ出て行く庄八をみとめたのは、彦次郎であった。

「また、浪人が荒物屋の二階へもどって来たようだ」

近所のうわさを、耳にしたからだ。

そこで、この日の夕方近くになり、様子を見に出かけたのである。

（あの男は、雉子《きじ》の宮《みや》の門前に、茶店の屋台を出している男だ。はて、こいつはおかしい）

彦次郎は、大野原の庄八を尾行して、竹の市の家へ入るのを見とどけた。

小杉十五郎は、それを聞き、

「それは、この家を見張っているのだ。そうおもって間ちがいはない」

「そうおもいますか、小杉さんも」

「おもう」

「そうなると……」

「そうなると？」

「あの男、ちょいと邪魔だね」

「どうする？」

「消してしまいましょうか」

「そうだ、な」

「ま、一杯、あがっていておくんなさい。すぐに仕度をします」

「また、湯豆腐か?」

十五郎も、少々、うんざりしてきたようだ。

「いえ、今日はちがう。いろいろとこしらえます。ま、たのしみにしておいでなさい」

彦次郎は、台所へ入って行った。

夜が更けてから、彦次郎は久しぶりに、吹矢《ふきや》の道具を出し、手入れにかかった。

小杉十五郎は、早くから寝床へ入って、しずかな寝息をたてていた。

何も知らぬ按摩の竹の市も帰宅している。

三浦十蔵は、また、三日後を約した。

翌日、雨があがった。

といっても、からりと晴れあがったわけではないが、大野原の庄八は、久しぶりで屋台の店を出した。

早目に店をしまうことにして、屋台をたたみ、これを雉子の宮へあずけておき、庄八は帰途についた。

(いいあんばいに、降ってこない)

淡く、夕闇がただよっている道を、庄八は二本榎《にほんえのき》へ出た。

このあたりは、武家屋敷と寺院が多く、ひっそりとしている。

右側の高野寺《こうやでら》の山門《さんもん》の蔭で、ちらりと、人影がうごいたような気がした。

(だれが？)

そうおもった瞬間、山門の暗闇から疾《はし》り出た一条の矢が、庄八の喉《のど》をつらぬいた。

「あっ……」

よろめく庄八へ、躍りかかった彦次郎が、短刀《あいくち》を背中の急所へ突き込み、すぐに離れた。

大野原の庄八が、声もなく倒れ伏した。

間もなく、彦次郎は、品川台町の家へ帰って来た。

「彦さん。殺《や》ったね」

小杉十五郎が、たちまちに看破して、

「骨が折れたか？」

「なあに……」

彦次郎は、声もなく笑った。

「ねえ、小杉さん。このことは、梅安さんにいわねえで下さいよ」

「うむ。わかっている」

「また、降ってきました」

しかし、このうわさは三日もたたぬうちに、品川台町へつたわった。

「雉子の宮さまの前に屋台を出していた男が二本榎の高野寺の前で死んでいたとさ」

「殺されたらしい」

「だれに？」

「わからない。死体は、お上《かみ》の手で始末してしまったらしいぜ」

これを聞いた三浦十蔵は、

（梅安だ。梅安が帰って来た）

と、直感した。

十蔵も、うかうかとしてはいられぬおもいだ。

（おもいきって、乗り込んでみるか）

竹の市へは、

「当分、江戸をはなれる。帰って来たら、すぐに知らせるから、そのつもりでいてくれ」

そういって帰したほどである。

四

梅雨が明けた。

夏が駆け足でやって来た。

それを待ちかねたように、切畑の駒吉が、二人の浪人と共に江戸へあらわれた。

その後の様子を聞いた駒吉は、

「もう、平尾や三浦にまかせておくことはできねえ。こっちでやる。まだ後から三人ほど江戸へやって来る。合わせて五人。これでいいだろう」

すると、浪人のひとりが大きくうなずき、

「仕掛けをするのに、気分がどうの、こうのといっていてはどうにもならぬ」

いいはなって、笑い声をあげた。いかにも筋骨たくましい浪人で、名を吉田兵助《へいすけ》というそうな。

とりあえず、二人の浪人は富田屋宇八方へ落ちついた。

その翌日。早くも吉田浪人は、品川台町の藤枝梅安宅の様子を見に出かけた。

「あまり、近寄ってはいけませんよ」

大野原の庄八が殺されているだけに、富田屋は念を入れた。

「うむ、心得ている」

吉田はうなずき、袴をつけ、塗笠《ぬりがさ》を手に、出て行った。

吉田とは別の浪人、小野《おの》祐助《ゆうすけ》は、音羽の半右衛門宅の様子を見に出かけた。

帰って来た二人の浪人は、

「あれなら、今夜にも斬り込める」

「ことに、梅安宅のほうは二人きりだというではないか。いままで、手を出さなかったのがおかしい」

「それが吉田さん。あそこにいる二人は、何しろ油断も隙《すき》もねえやつなので」

「ま、ともかくも、後の三人が江戸へ着いてからだ」

二人の浪人は、刀の手入れにかかった。

(この二人は、三浦十蔵とちがって、何処か、たのもしいような)

富田屋は、そうおもった。

そして、配下の者を出し、梅安宅と半右衛門の吉田屋の様子を探らせることにした。

梅安は、依然、新居の建築に夢中であったが、あるとき、小杉十五郎が訪ねて行くと、

「それはそうと、くれぐれも油断のないようにたのみますよ」

「うむ」

「いよいよ、相手も出て来ますからね。どうも、そんな気がしてならないのだ」

十五郎は、夜、眠るときも大刀を手許からはなさない。

「小杉さん。いっぺんに暑くなりましたね」

「梅雨も嫌だが、夏もこたえるな」

「でも、彦さんの湯豆腐は、さすがに……」

「夏になると冷奴だ。彦さんの豆腐好きに変りはない」

「なるほど」

「この家ができると、梅安さんの暮しも変るな」

「ええ、まあ……」

「暮しが変れば心も変る」

「そうでしょうかなあ」

梅安は、はたらく大工たちを、たのしげに見やっている。

「ま、いずれにせよ、まだ一つ、してのけなくてはならぬことがあります。近いうちに、品川台町へ帰りますよ。彦さんと少し、打ち合わせることがありましてね」

「彦さんは、このごろ、えらく竹の市に打ち込んでいる。私も顔を見てきた。人柄のよい按摩だ」

「へえ、そうですか……」

梅安は黙り込んで、何かを考える様子であった。

白と黒の蝶が、はらはらとたゆたっている。

「ねえ、小杉さん」

「うむ？」

「あなた、いま三浦十蔵と斬り合って、勝てますか？」

即座に、十五郎がうなずき、

「勝てる」

いいきった。

このようにして、あっという間に夏が去ろうとしている。

或夜《あるよ》、梅安は帰宅して、十五郎と彦次郎と共に、何事かを語り合い、帰って行った。

そのころ、三浦十蔵は、

(梅安を、いつまで待っていても仕方がない。あの浪人だけでも殺《や》ってしまおうか)

考えはじめている。

梅安宅の庭で、虫が鳴きはじめた。

朝夕が、めっきりと冷え込んできたようだ。いつの間にか、秋がやって来たのである。

大坂から、後続の浪人三名が江戸へ入って来たのは、そのころであった。

三人は、吉田と小野の二浪人、富田屋宇八をまじえて語り合ったが、

「これは、もう、何も迷っていることはないぞ。明日にでも斬り込んだほうがよいとおもう」

「音羽の半右衛門方へは、おれたち三人で仕掛ける」

「梅安宅は浪人がひとりいるそうだが、何のこともあるまい」

吉田浪人は、自信満々であった。

平尾要之助は、この席に出ていない。

「平尾さんは、もう役に立ちませんよ」

富田屋は、あきらめているようだ。

このことを、三浦十蔵が聞いたら、何とおもったろう。

（あの浪人が、それほど、簡単に仕掛けられるものか……おれが何日も何日も、こうして機《と》会《き》を待っているのを、やつらは何と考えているのだ。ま、やれるものならやってみるがよい）

彼らとは別に、十蔵は、ひとりでやってのけるつもりであった。

（涼風《すずかぜ》が立てば、梅安も帰って来るだろう）

帰って来れば、たちまちに近辺の人びとの口から、十蔵の耳へ入るにちがいない。

それから三日後になって、吉田浪人が、突然、いい出した。

「おい、明晩、仕掛けるぞ。そのつもりでいてくれ。よいな？」

「よし」

「心得た」

三浪人に、異存はなかった。

五

翌日。五人の浪人は早目の夕餉《ゆうげ》をとった。茶漬である。

「これが、いちばんよいのだ」

吉田浪人がそういって、最後の一碗の飯は、生卵をかけまわして食べた。

「大丈夫ですか、そんなもので」

富田屋は、しきりに気をもんだが、

「この程度で、いちばんよいのだ」

吉田は気にもとめず、生卵をもう一つもらって、これは生のままで呑み下した。

この日、梅安宅では忙がしかった。

重症の患者が三名も来たし、彦次郎は鍼《はり》も打った。

十五郎と二人の夕餉がはじまったのは、それからであった。

「今日も湯豆腐か……」

「そんな顔をしねえで下さいよ。今夜は、ただの湯豆腐ではねえ。おせき婆さんが蛤《はまぐり》の良いのを届けてくれましたから、それを入れます」

「それは、いいな」

十五郎は、蛤の吸物で酒をのむことを、ことさらに好む。その仕度も彦次郎はぬかりなくしてあり、十五郎をいたくよろこばせた。

寝るときは、十五郎が、庭に面した梅安の居間で、彦次郎は、となりの治療室に眠ることになっている。

横になると、日中の疲れが出たらしく、彦次郎は、すぐに軽いいびきをかきはじめた。

小杉十五郎も間もなく、寝入ったようである。

それから、どれほどの時間がすぎたろう。

すでに夜半はすぎている、というよりも、間もなく朝が来るといったほうがよい。

と、ぐっすり眠っていた十五郎が薄目を開けた。

開けたまま、凝《じっ》としている。

彦次郎のいびきは熄《や》んでいた。

「彦さん。彦さん、起きているのか？」

十五郎が、ささやくようにいった。

「彦さん……」

「起きていますよ」

彦次郎が、こたえてよこした。

「うむ……」

「どうなさいました？」

「何か、変ではないか？」

「ええ、変ですねえ」

「だれかが来る」

「…………」

彦次郎が起きる気配がした。

十五郎も半身を起こし、枕元の大刀を引き寄せた。

「来たのは、二人だ」

「ええ……」

「危いときは、構わずに逃げるがよい」

いいながら、十五郎は、大刀の下緒《さげお》を引き抜いて、襷《たすき》にまわした。その手ぎわは、おどろくほどに早かった。

虫の鳴き声がぴたりと熄んだのは、このときだ。

早くも、朝の薄明がただよってきはじめた。

夜の闇が少しずつ、消えて行く。仕掛人のねらいは、みな同じである。

闇の中では、相手がよく見えない。それで、この時刻をえらぶのだ。

「来た。一人は台所、一人は庭からだ」

いうや十五郎が立ちあがり、しずかに、音もなく大刀を抜きはらった。

台所の戸が外れる音がした。

庭に面した雨戸も、何かでこじ開けようとしているらしい。

このとき、台所口から中へ入って来たのは、吉田兵助であった。

土間へ入って、しずかに屈《かが》んで、あたりに眼を配った吉田浪人は、ぎょっとした。

いる、だれかがいる。しかも、襷をかけ裾をからげ、抜刀した刀を小脇《こわき》に構え、土間のすぐ向うの廊下に待ちかまえていたのだ。

これは何といっても、吉田ら二浪人が、あまりに、小杉十五郎や彦次郎を甘く見ていたことは否めないことだ。

ぎょっとなった吉田浪人の狼狽《ろうばい》を見逃す十五郎ではない。

すっと立ちあがった小杉十五郎が、物もいわずに斬った。

「う……」

十五郎の一刀は吉田浪人の頸筋《くびすじ》の急所を切り割った。

ぐらりとよろめいた吉田の手から、刀が落ちた。

一方、庭に面した雨戸は、小野浪人がたくみに開け、縁側へすべり込んだ。

小野は、まだ、台所で何が起ったかを知らない。

頬かぶりをした小野が、ゆっくりと大刀を抜きはらった、そのときだ。

居間の奥の治療室から、一条の光芒《こうぼう》が尾を引いて疾《はし》ってきて、小野の面上、しかも右の眼へ突き立った。

彦次郎の吹矢だ。

「あっ……」

叫んだが、もう遅かった。

すかさず躍りかかった彦次郎の短刀《あいくち》に、小野浪人は腹を刺され、泳ぐように庭へ飛び出した。

彦次郎は、後を追わなかった。

「小杉さん。小杉さん……」

「おう」

縁側へあらわれた十五郎が、

「こっちは片づいた。やはり、二人だけらしいな」

二人の浪人のうち、一人の死体は、お上で始末したそうな。小野浪人は逃げ遂《おお》せたらしい。

「梅安先生のところへ、昨夜、強盗が入ったらしい」

「危ねえ、危ねえ」

このあたりでは、梅安は絶大な信用がある。

したがって、町役人は何事も好意的であった。

これを聞いて、三浦十蔵は、

(やはり、おれのおもったとおりだ)

そうおもった。

(あの二人が、そうたやすく討たれるものか。だから、おれがこれほど念には念を入れているのに、それが、わからぬのか。それにしても、梅安はまだ、もどっていないらしいな)

ところで、音羽の半右衛門は、どうしたろうか?

このほうは、三人の浪人が斬り込み、半右衛門配下のうち、五人が斬殺されたが、半右衛門はいなかったそうな。

おしまの裏切りを知って以来、ことごとに半右衛門は用心をするようになってきている。

行先も告げずに家を出て、そのまま、何処かへ泊り込んでしまうのだ。

三人の浪人は、気が狂ったかのように、家探《やさが》しをしたが、むだであった。

「おい、吉田屋を三人の浪人が襲ったらしいな、おしま。みごとに失敗《しくじつ》たそうだ」

平尾は、おしまに、

「大分、このごろは右手が利くようになった。近いうちに試してみるかな」

「また、辻斬りですかえ?」

「まあ、な……」

「およしなさいよ」

「なぜだ?」

「後で、ゆっくりとはなしますよ」

藤枝梅安は、当夜のはなしを聞くと、すぐに帰宅した。

「彦さん。私は一度、その竹の市という按摩を見ておきたいな」

「ええ、いつでもようござんすよ」

「おそらく、二人の浪人は腕の利いたやつらだったのだろうが、小杉さんが先に気づいたのでは、どうしようもなかったろうよ。あとは三浦十蔵ひとりだ。あいつは、ちょっと恐ろしい」

梅安の家の新築も、間もなく終るらしい。

「その前に一度、彦さんに見ておいてもらおうかな」

「いつでもいいけど……」

「間取りは、この家と同じだが、少しずつ、ひろくなっている」

彦次郎は、一通り、家の内外をながめてまわり、

「なるほど」

「これは、まさしく梅安さんの建てた家だ。ふうん、恐れいりました」

「いやに持ちあげるではないか。気味が悪い」

「間取りは前のままだが、やはりちがう」

「何処が、ちがうね？」

「口には、ちょいといえないところがある」

「そうか、な」

「これは、鍼治療の家だが、仕掛人の家でもある」

梅安が、びっくりしたように彦次郎を見た。

「その二つが、うまく溶け合っていますよ」

「ふうむ……」

と、梅安が唸《うな》って、

「彦さんが、そういってくれるのなら、私は本望だ」

「ところで梅安さん。例の竹の市のことですが、何時《いつ》にします？」

「明後日の昼すぎ、神明《しんめい》神社の前で待ち合わせよう。どうだ？」

「わかりました。ようござんす」

その日、竹の市は在宅していた。

「どうだね？」

彦次郎は、梅安のことを、

「こちらは同業の旦那で、お前さんのことをはなしたら、ぜひ、お目にかかりたいというので、お連れしました。もし、よかったら、後で揉《も》んであげて下さいまし」

引き合わせると、

「ようございますとも」

「しばらく見ない間に、すっかり、涼しくなりましたね」

「涼しいどころじゃありません。朝方なぞ、身ぶるいが出ますよ」

彦次郎が寝床へ横になると、早速、竹の市が揉みはじめた。

「旦那。右の腕が、ちょいと凝《こ》っています」

「うむ、うむ。よくわかりますねえ」

「このところは？」

「あ、そこは効きます」

「ここが悪いから、腕へ来るので」

「なるほど」

竹の市が治療する姿を、梅安は喰い入るように見つめている。

「ところで、竹の市さん」

「はい」

「お前さんを、ひどく、ごひいきだという例の剣術つかいの御浪人さんは、いまも？」

「いまは、別のところにいらっしゃいますが、ときどき、駕籠をいいつけて私を迎えに来ます。でもね、それでは費用がかかるからと私がいいまして、近いうちに、前の宿屋へもどることになっております」

きらりと、梅安の眼が光った。

竹の市の家を出ると、藤枝梅安がいった。

「盲目の身になると、一所懸命に修業をするから、よい按摩になれるというが、なるほどなあ。あの竹の市の腕は大したものだ。いままで、私が知らなかったツボを二ヵ所ほど教えてもらったよ」

「へえ……」

「ところで、三浦十蔵が泊りに来る宿屋は、たしか、新銭座の八尾屋とかいったね？」

「そうです。帰りに、ちょっとごらんになりますか？」

「そうしよう」

風も冷めたかった。

渡り鳥が群れをなして、空をわたって行く。

「もう一年か……そろそろ、こちらの仕掛けをしてもいいころだ」

「いつでもようござんすよ」


（絶筆）

池波正太郎「梅安余話」

江戸のなごり

——先生は、今の東京のどこかで、江戸の名残りを感じられることは、おありですか。

池波　うん。それは、いろいろありますよ、まだ少しはね。

——ある程度の年輩の人との、お付き合いの中でとか。

池波　そう、そう。もう若い人は駄目だね。

——若い人にはぜんぜん感じませんか。

池波　そうでもないよ。

——それは、人間らしさということですか。

池波　いや、そんなことはないよ。江戸の名残りというと、江戸の人らしさということだろう？　京都の人らしさ、大阪の人らしさとは違うわけだから。いくら地方の人でも、長く江戸にいない人でも、昔の江戸のような人はいますよ。

——例えばどんな……。

池波　小学校の同級生なんかはみんなだよな。

――久しぶりに会ってお話をなさるときやなんかに。

池波　やっぱり同級生が死んだときなんかにね。

――亡くなったときに集まった人々を見てとか。

池波　人々とはいかないよ。二人か三人だよね。根っから江戸に住んでる人でも江戸じゃないような人もいるしね。江戸も金沢もどこも根本は同じなんですよ。

――江戸っ子の性格の特徴というのは、気前がいいとか、気が早いとか、せっかちなところは……。

池波　せっかちというか、つまり江戸の町そのものが、物事を素早く運ぶという生活だから。ぐずぐずしていない、絶えず活気がある生活をしてるから、田舎の人と較べれば気が早くなる……早く見えるわけだよ。だけど落語だとか芝居だとか講談に出てくるのが江戸っ子だと思ったら、困っちゃうんだよ。あんな江戸っ子ばかりじゃないからね。もっとまじめで質実にやってる江戸っ子だっているんだからね。

――そういうまじめな人たちでも、都会人と田舎の人と較べて一番違う江戸っ子の特徴の一つというのは、人の付き合いってものには絶対お金を惜しんじゃいけないっていうところはあったんじゃないですか。

池波　惜しまないね。それがまた自分に返ってくるからね。

――お互いにということですか。

池波　ある女がいて、前に会社に勤めてたんだけど、一回結婚して辞めて、離婚になって、また会社に戻ったけれども、今度はパートタイマーみたいな感じになっちゃうわけ。子供がいて女手で暮らしてて心配だから、月給は少なくてもいい、収入は減ってもいいけれども社員としての保障が欲しいわけだ。ぼくに相談してきたんだよ。君は世話になった上役に、盆暮れにちゃんと挨拶してるのかというと、していないと。それじゃ駄目だと。普段が大切なんだよ。もっとも、今そんなことしても、してもらうだけしてもらって、忘れちゃうやつもいるから、やって損なことにもなるんだが。(笑)

――お互いに、ということは、町内が単位になって、全体が共同で生活しているという意識があるからでしょうね。

池波　昔は共同でなきゃ生活ができないんだよ。今朝は隣の人がうちの前を掃いてくれたから、翌日は隣のうちの前を掃く、とかいうことなんだよ。

――京都とか大阪とかでも、結局、町の暮らしの様式みたいなのは同じですか。

池波　やり方が違うけど、ある程度同じだろうな。やり方は恐らく違うだろうと思う。京都なんかなおのことにね。

ほんとの大阪の人だったら、東京と非常によく似てるんだ、船場に長年続いた人なんていうのはね。ぼくは大阪で親しい人はずいぶんいますよ。そういう大阪の人は東京に来れば東京のいいところが分かって、長年、東京に住み着くというね。やたらに上方を、大阪、大阪を振り回すやつは、親なんかは播州赤穂とか岡山なんだよ。

ぜんぶ共同責任だからね。長屋に住んでても、悪いことをしたら長屋の大家とか名主にぜんぶ責任かかってくるからね。そういうことを考えたら悪いことはなかなかできないんだよ。村にいれば村長と、家族にまで累《るい》が及ぶからね。

──勤番侍とか、地方から出てきて、江戸なら江戸に馴染もうとする人は、一代で馴染めたものでしょうか。

池波 むこうはむこうでプライドがあるから。金沢なら金沢の、おれは前田家の城下の侍だ、江戸はなんだよ、うるせえ、せっかちばかりいやがって、とかさ。馴染みやしないよ。ばかにしてる。むこうにだってプライドがあるんだから。江戸の人が金沢に住んだらやっぱり大変ですよ。もう全然すごいからね。言葉からして分からないからね。江戸の人が九州なんかに行って住んだら、何を言ってるのか、外国に行ってるのと同じだよ。

──プライドを高く持って、例えば薩摩の人なんかが江戸に勤務になったら……。でも、こういう市民文化の中に溶け込めなかったらさびしい思いをしたでしょうか。

池波 さびしい思いもあるけれども、ほかにいいこともあるからな。薩摩に、鹿児島城下にないことが。

──それは多いでしょうね。

池波 吉原なんかに行ったら、もう喜んじゃって大変だ。

──夢のような。

池波　そう。だから明治維新なんて、長州だの薩摩だのああいうところから来て喜んじゃって、柳橋なんかに行ってちやほやされてやってるでしょう。大喜びでさ。

──吉原では、例えば薩摩の連中はモテたんですか。

池波　それはやっぱりモテる人とモテない人といるよ。いくら薩摩でも気持ちのいい人間はモテるだろうし、えばりくさってるやつはモテやしない。

──地方の人も江戸の人も、プライドということがあったんですね。

池波　それは、東京は大変だよ。そういう点に関しては、東京は大変だよ。

──梅安さんなんかは、藤枝で生まれて京都で育って江戸へ来たわけですけれども、患者たちとの話しぶりを見ると、すっと江戸社会に溶け込んでるように見えますけどね。

池波　溶け込める人と溶け込めない人がいるんだね。

──彦次郎なんていうのは、どっちかというと自分から疎外されてるようなところがありますか。

池波　あれは東京の傍だからね。江戸の荏原《えばら》、馬込のほうだから、おれの家の近くなんだけどね。

──梅安さんはきっとコスモポリタンなんですね。

池波　ああいうふうに動いているやつは特にそう。

──どこにいても仕事ができるという、それだけ動けるというのはやっぱり特殊な人だけでしょうね。

池波　おれがフランスに行って平気なのと同じなんだよ。

──しっかりしてる人、自己が絶対しっかりしてるという人でしょうか。

池波　自己がしっかりしているとか何とかいうのとはまた違うな。

──それよりもむしろ、言葉だとか目の色だとか土地柄の違いを取っ払ったもとにある、人間とはこういうものだということが分かってる人ってことじゃないかとぼくは思いますけどね。そうじゃないと表面的な違いだけでおどおどしちゃうことになる。

──先生は、セトル・ジャン（注。講談社文庫『田園の微風』一四四ページ参照）ですか、ああいう人とすっと仲よくなられたりする。そういうことはありますね。

──外国人同士という感じではないですよね。不思議だなという気はどうしてもしますね。

──ジャンさんもそういう人なんでしょうね。いくら先生がそう言ったって、むこうにその気がなければ通じませんもんね。

──相当気難しそうな、へそを曲げたらてこでも、って感じのするおじいさんでしたけどね。

──どうしたらそういうふうになれるのか、どこへ行ってもなんとなく生きていけるような人間になるには……。

池波　おれはなかなか生きていけないよ、場所によったら。

――一種の体内コンピュータがあって、ETじゃないけど、特殊な体質なのか。（笑）

池波　おれは女にはモテないからね。

――逆じゃないですか。（笑）

――人間とはどういうものかって分かっていれば、女だって怖くないんじゃないですか。

――また別ですかね。例えばフランスなんかへ行って、セトル・ジャンのような気難しい老人と心が通じ合うようになるのと、フランスで女の恋人ができるようになるのとは別ですか。

池波　それは同じだろう。（笑）

――このころの人というのは、お盆と正月以外には休みというのは原則としてはないんですか。

池波　奉公人はね。

――今の若い人から見たら、考えられないぐらいみんな働いていますね。

池波　奉公人は大変だよ。何年かして暖簾を分けてもらうまではね。店をしまったあとで、夜なきうどんなんか来て、それを食べるのが唯一の楽しみだね。

――それだって、あまりおおっぴらにはできないわけですか。

池波　黙認する番頭と、しない番頭がいるんだ。それはやっぱり軍隊と同じでさ。うるさく言う人と、あのぐらいはしてやらなきゃと黙って見てる番頭と。中には、番頭が金出して、食ってこいというのもいるしさ。それは人それぞれによって違う。当時の人は、それが普通だから辛抱するわけだよね。辛抱ということにかけては、昔の人はね。今はあまりみんな辛抱しないからな。

――明日がたぶん、お西様《とりさま》だと思ったけど、あっちの縁日とか、こっちの酉の市とか、そういうときには休みをとったりはできたものですか。

池波　奉公人はできない。できないけど、さっきも言ったように目こぼしというのがあるからね。丸一日休めなくても……。やっぱり用があるわけだよ。君たちが原稿を取りに行った途中で遊んでいるように、どこへ行って勘定をもらってくるなんていって、その帰りにちょっと縁日に寄って、団子の一串でも食う、そういうことはできるわけだよ。小僧のうちはできないけど、手代になれば、しょっちゅう外へ使いに行くから。勘定も預けられるし。で、悪いことをしたりなんかする。だからいけないんだよ。

――先生は京都の町に、江戸の感じが……と、以前おっしゃっておいでしたが。

池波　京都の木造建築が、まだ焼けないから残っているということでしょう。川があって、橋も木造の橋が架かっているところもあるし。盛り場以外の暗い町通りがあって、京都は倹約だから。しかもそれがぜんぶ、昔の江戸時代の町が残ってると暗いわけだろう。だから江戸が残っているというのは、そこに残っているわけだよ。

――それは私も感じたことがありました。京都に夜着いて、家並みが低いんですね。なんか時代小説みたいだなと思ったことがあります。で、暗いんですね。

池波　京都も中心地は駄目だよ。麩屋町《ふやまち》とか西陣のほうとかはまだ残っている。東京でも、蕎麦屋なんか、浅草の〔並木の藪〕とかいうのは、江戸の名残りというのはまだ残ってるね。

――ああいう店が標準というか、珍しくなくて、店というものはみんなああだったとしたら、江戸というところはやっぱり素晴らしい、住みやすいところだったろうなという気がしますね。

池波　素晴らしい文化都市、世界一の文化都市ね。明治までは世界一の文化国家ですよ。日本人の生活とか人情とか、外国にないものがあるというんで、あの時代、西洋人がみんな感心して帰った。今のパリだって、今の東京でいくらか残ってるのと同じに、パリ人らしいパリ人というのが、やっぱりいくらかは残っている。セトル・ジャンなんかがいるわけだよ。だけど、今年行ったら、そこもハンバーガー屋になっちゃってたけど。そういうのは何も話さなくたって、言葉は分からなくても通じるわけだよ、仲よくなればね。セトル・ジャンなんかは我欲がないからね。

――梅安のころの江戸の町中というのは、どこらへんぐらいまであったんでしょうか。

池波　（地図を指して）そこに川（注。隅田川のこと）があるだろう？　その川に沿ったあれがそもそも江戸初期の町中だよ。この地図は江戸の中期というか末期に近いほうだが、大体この感じが町中。渋谷なんかは郊外。

——田舎だったんですね。

池波 品川は、郊外というよりも、東海道の第一宿だからね。今おれが住んでいる荏原《えばら》なんてのは荏原郡《ごおり》だから田舎の田舎で、ほんとに田舎。隅田川からこっちはもう田舎。

——隅田川を越えたら。

池波 うん、田舎。だけども江戸中期以降には、江戸の府内に取り入れられたけれども、つまり新開地だから、ちょっと出たらもう田舎になっちゃう。

——侍なんかの、ちゃんとした屋敷は、川のこっちにはないんですか。

池波 川のこっちに侍の屋敷をもらう場合は、御家人とか禄の低いのがもらったの。大名の別荘、下屋敷、中屋敷はみんな郊外。吉良上野介が川向こうに移されたというのは、郊外だから移されちゃったんだ。討ち入りをしても、幕府の責任じゃないということだから。府内だったら、吉良の家は今の東京駅の八重洲口のところにあったんだからね。あそこに討ち入られた日には幕府としても放っとけないから、討っ手を出さなきゃならない。めんどくさいから、本所へ移しちゃったんだ。元禄時代には本所は郊外ということだから。江戸時代の末期になってからはだんだん府内に入ったというけども、いずれにしたって新開地だ。

——ここを目黒のお不動さんとすると、梅安のいたところはこっちのほうですね。

池波　藤枝梅安がいたところは郊外。品川台町といって江戸の府内には入ってるんだよ。府内には入ってるけど、郊外と言っていいようなもんだな。

――住んでいたあたりには、いわゆる店みたいなものはほとんどなくて、郊外だとお百姓さんということになりますか。

池波　梅安のところ？　いや、品川台町って、台町って名前があるからには、店屋はある程度はある。江戸府内に取り入れられたから、品川台町って町の名前がついてるわけだから。

――そうでないと何々村になっちゃう。

池波　何々郡《ごおり》になっちゃう。秋山小兵衛（注。剣客商売シリーズの主人公）の住んでいるところはもうちょっと、鐘ヶ淵だから、あれは江戸府内になっているから、あれからちょっと出たら郊外になって何々郡になっちゃう。秋山小兵衛の家とおはるの家とはそんなに離れてないんだけど、おはるの家は何々郡になっちゃう。

――梅安さんは、品川台町へ来て、開業してこつこつと、ちょっとずつ患者が増えていって、それで食べていくつもりだったんでしょうか。

池波　食べていくつもりじゃないな。

――仕掛人の稼業があった……。

池波　一つには、人を刺すことをやってるから、その罪滅ぼしという意味もあるんだな。

――彼が江戸へ来て、江戸で生きていこうというのは、仕掛人としてということだったんですか。

池波　ほんとは医者として生きていくのが当然だね。仕掛人はやりたくはないんだから。だけど前からのいろいろな因縁があるから、断るわけにいかないわけだよ、みんな秘密を知ってるから。だから、いやいやながらやるわけだ。仕掛人なんて、喜んでやってるやつはごく少ないんじゃないの。白子屋ぐらいなもんじゃないか。

梅安をやり損なったやつがいただろう。あれなんかは好きなんだよ。

——鵜《う》ノ森《もり》の伊三蔵《いさぞう》ですか。

池波　そう。あれなんか。好きなやつもいるんだよ。

——たまには病的に、そういうことが好きだっていう人もいるでしょうね。

池波　一回殺すと、やっつけたという快感があるからね。人間の腹の底には、何が隠れてるか分からないからね。おとなしい人でも、穏やかな人でも、何を考えているか分からんよ。

——音羽というのは伝通院《でんずういん》なんかはわりと近くなんですけれども、半右衛門さんのうちはやっぱり郊外という意識ですか。

池波　郊外とも言えないだろうが、江戸市中と言っていいやね。いいけども、護国寺からちょっと出たらもう郊外だよ。

——戦前、池袋なんかは、タヌキが出たと言いますね。

池波　そりゃ池袋はね。

――今、四十代の人が子供の頃に、おじいさんにそういうふうにおどかされたと言っていましたから。

池波　うちの谷中のおじにも、しょっちゅう。ぼくの親にも言われた。

――さびしいところだからですか。

池波　江戸市中でも、さびしいところだったら真っ暗だよ。さびしいところがしょっちゅうあるんだもん。あかりがついてるところは、ほんの一部分なんだ。あかりったって電灯と違うんだからね。夜は早く店閉めちゃうしね。

――夜の暗さというのは、想像つかないくらいでしょうね。

池波　だから吉原の不夜城って、吉原のあかりが目立つわけだよ。遠くから見ても、ぱっと空が明るいわけ。

――吉原は一晩中ですか。

池波　うん。

――夜が明けるまで消さないんですか。暗いうちはずっと灯して……。

池波　夜は消すよ。全部は灯ってないけどもね。

――財力がある……。

池波　財力というか、常夜灯とかが灯ってるから。仲之町の通りのぼんぼりが灯ってるしさ。普通の遊廓だって、全部、軒際のはつけてるからね。いつお客が来るか分かんないし、いつ帰るか分かんないから。

――例えば吉原を出ると、あとは暗くなっちゃいますね。

池波　吉原を出ると暗くなっちゃう。

――提灯でとぼとぼ帰るような感じですか。

池波　提灯だ。河内山が吉原を通ってて、金子市之丞に斬りかかられるところがあるじゃないか。金子市之丞が刀をぱっと持つと、駕籠の中から、「いま光ったのは星が飛んだのか」と。そのくらい暗いわけだ。

――提灯というのは、ろうそくですね。

池波　提灯はろうそくだよ。

――じゃ替えのろうそくを持っているわけですよね、長道を歩く人は。

池波　長道を歩く人は持ってます。

――替えのろうそくを持って吉原に遊びに行くんですか。吉原が帰りにくれるんですか。

池波　貸してくれるしね。だけど、大体、吉原へ行けば泊まってくるしさ。泊まらないです ぐ帰るやつは……。

――お供の人は帰されちゃうわけですね。お供の手代なんかがついて行ったら。ろうそく持ってお帰りと。(笑) 旦那が泊まっていく場合に。

池波　それは帰しちゃう。

ね。

──そんなに何里も長い道を、ろうそくはもたないですよね。時間にしてどのぐらいですか

池波　相当もつよ。

──三十分ぐらいは。

池波　三十分ぐらいはもつよ。

──三十分あれば、大体、吉原から江戸市内に歩いて戻れますか。

池波　いろいろある。駕籠に乗れば早いしさ。駕籠に乗ったやつに襲いかかるときは、駕籠の提灯をぱっと切るだろう。

──時代劇はいつもそうですね。

池波　昔のほうが情緒があっていいんだよ。とにかく暗いから、夜寝るときに行灯をぜんぶ消しちゃっては、しようがないんだよ。うちの中だって真っ暗になっちゃうだろう。何か起きたときに困るんで、必ずなにか火は点けてなきゃなんない。有明行灯《ありあけあんどん》といって、枕元のスタンドみたいな行灯に、小さい火をつけて必ず置いとくとかね。

そういうのが時代小説の大事なところなんだよ。それを時代小説は今、みんな忘れてるんだよ。道でも、雨が降ったらぬかるみになっちゃって歩けないんだよ。歩く場合にはぬかるみがちゃんとあるようにして、書かなきゃいけない。おれは、前の晩に雨が降ったときにはちゃんと書いてあるよ、いつでも。前の晩に雨が降ったとき、翌日、すたすた歩いていると

きは、前の晩の雨はすぐやんでしまって、晴れわたったたというふうに書いてあるんだよ。そういうふうにしないとね。

この間の『黒白《こくびゃく》』(注。剣客商売シリーズ中の作品)のときだって、よく読んでごらん、最後の立ち回り。雪が降ってくるだろう。そこのところをぜんぶ用意をさせてるんだから。小兵衛の場合は、高下駄を買う暇がないから、たしか草履でついてくるんだろう。だけど、そういうときは、一緒についてるやつの、「先生、雪がやんでまいりました」とちゃんと書いてあるんだよ。そうでないと、斬り合いのときだって大変になってくる。ぜんぜん違ってくるわけだ、ぬかるんでくるから。春の雪だからもうやみましたとか、積もりませんでしたとか、ちゃんと書いてあるんですよ。

仕掛人の発想

――梅安をはじめとする、音羽の半右衛門や何か、ああいう犯罪システムというのは、全く先生のつくりごとなんですか。〔起《おこ》り〕があって〔蔓《つる》〕があって、仕掛けてという。
池波 それは全部つくったよ。

——〔仕掛人〕という言葉は、橋の上で川を見ているときに、ぱっとひらめいたとお書きになっていましたけれども。

池波　ああいうのはつくらなきゃ駄目だ。

——もとから、それがあったように人は思っていますね。

池波　あんなものつくれないでは、時代小説を書く資格はないんだよ、ほんとから言えば。

——〔起り〕とか〔蔓〕は、とてもいいネーミングですね。

——〔元締〕にしろ。

——先生が鬼平でよくお使いになる〔連絡《つなぎ》〕という言葉はあったんですか。

池波　〔連絡《つなぎ》〕はあったと思うね。

——長谷川伸先生の小説なんかに……。

池波　いやいや、そうじゃないけど。やっぱりあったでしょう。連絡《つなぎ》をつけるという言葉。

——平蔵の時代の言葉としてあった？

——泥棒たちの世界だけじゃなくて、普通の庶民の世界であったわけですか。

池波　うん。昔からね。戦国時代からそういう言葉はある。

——仕掛人は職業柄、当然そうなんでしょうけど、梅安の周囲は、男たちがぜんぶ、家庭を持たないひとり者なんですね。ああいうつらい仕事の見返りとして当然なんですけれども、大金がどっと入って、それをぜんぶ享楽的なことにつかっちゃうんですか。

池波 享楽的というか、享楽的につかいきれないよね。

——一部貯めといたりしてますけど。

池波 一部といっても三百五十両貯まってれば相当なもんだな。で、人にやっちゃうんだよ。もちろん小説には書いてないけどね。貧乏な患者とかにね。彦次郎の場合、自分が金持ってりゃ、あんまり、仕掛けってしてないよ。梅安の手伝いばかりだから。

——このごろずっとそうですね。彼は梅安と知り合う前まで、わりに少額で、小物を殺して……。

池波 やっぱり梅安よりもちょっとは安いよね。小物殺しはやっぱり、どうしても安いね。いい人でも殺しちゃってね。金次第だ。

——古川柳のひとり者とか、落語のひとり者というのは、江戸時代のいろんなあれでは、哀れむべき存在だと思うんですね。だけど先生の場合は、〔鬼平〕の泥棒たちにしても、剣客にしても、みんな、どこか一点豪華主義みたいなんですね。

池波 所帯を持ったら、女がかわいそうだろう。いつどうなるか分かんないんだもの。泥棒にしたって、仕掛人にしたって。

——持ちたいと思わない？

池波 持ちたいとは思っているでしょう、それは。梅安は別だけど、彦次郎の場合だってね。持ちたいと思ったって、持ちたいという感情の前に、持てないとなってるから。持ったら累《るい》を、何も知らない女房に……。新聞に出るだけじゃ済まないからね。もし捕まった場合には同罪だからね。これも死刑になっちゃう。江戸時代は共同責任だから。悪いことできないんだよ。

――町内のつきあいみたいなのはないんですね。長屋みたいなの。梅安でも彦次郎でも、ひとり暮らしで、ぽつんと。

池波　あんまり仲間と付き合うと、やっぱり……。だけど、あまり付き合わないのも怪しまれるからね。梅安の場合は、患者を診てるんだから。

――例えば梅安さんの場合は、ひとに施したりしてる場合もありますし、おもんさんにあげたり、飲食につかう。それ以外に何か使うことがあり得ますか。

池波　梅安の場合はそれだけじゃないね。博打もしないしね。

――とてもつかいきれないという感じがしますね。

――つかいきれないお金がいっぱい貯まって。

池波　だから、そんなに毎月書けないっていうんだよ。(笑)

――梅安に、月に百両もつかうような、非常に浪費家の恋人でもつくったらどうでしょうか。(笑)

池波　月に百両はつかいきれないや。

――江戸の社会では消化しきれないですか。

池波　男だったら、吉原に行って大尽遊びをすれば、一晩でつかえるよ。

――梅安さんはそういう遊びをしないんですね。

池波　したことない。怪しまれちゃうんだよ。吉原なんかの場合は、客が来て、例えば、紀国屋文左衛門とかって、江戸中で知ってるような金持ちがそれをやってる分には怪しまれないけどね。たかが町医者が来て、一晩で百両つかったら、すぐ町会所に報告するし、そうすると奉行所のお調べというのが、密かに内偵を進めるからね、そんなことはできないわけだ。

――ある意味で、大金を積まれるというのは、金欲しさではなくて、もっと別のことなんでしょうね。

池波　義理があるから。

――それだけのお金をかけるということは、それだけの大物であり、仕掛けが難しいという、そっちのほうに興味が？　引き受けるときの気持としては。

池波　興味がある人もいただろうけど、梅安は別に興味ないからね。

――生かしちゃおけないという、そこが一番強いですか。

池波　いや、生かしておけないやつがいても、やりたくはねえんだよ。やりたくはないけども、一回やったら、いもづる式に、頼まれれば、義理に挟まれてしようがないわけだよ。断れば裏切り者になるしさ。

――当時江戸は、女よりも男の人口がずっと多かったと。

池波　それほどでもないよ。差があることはあるけど。

――初期がそうですよね。江戸の男のひとり者というのは、どういう生活をしてたのかなと思うんです。例えば手代やなんかだったら、大きな商店にひとりで住み込んでるわけですか。

池波　手代は絶対に住み込みだ。

――番頭になって独立したら、必ず結婚させられちゃいますか。

池波　つまり、結婚しなきゃ商売ってのはできないんだよ。世間が信用しない。商家の場合、堅気の商売は。

――職人でも商人でも同じですか。

池波　職人はまた別だろうけどね。職人の場合は、親方がどういう人間かというのを知ってるから、別にひとりもんでもいいけど、商人の場合、大勢の人を相手に商売しなきゃなんないから、やっぱりひとり者だと信用されないだろう。

――ひとり者がのうのうと生きられる社会では、なかったんですね。

池波　やっぱりね、ひとり者というのはなかなか、のうのうとは……。男はあれだけど、女の場合、危ないよ。

――女のひとり者というと、水茶屋の女とかいうのがそうみたいですけれども。やっぱり何かある、と世の中の人は思っちゃうんですね。

池波　何かあるというのと同時に、女のひとり者って危ないからね。

――例えば？

池波　あそこは女がひとりで住んでるってことが分かれば、そりゃ泥棒だって入りやすいしね。金持ってりゃ、だましやすいということになるだろう。

――女のひとり者にとっては、危ない社会だった。道路も暗いですしね。

池波　いないことはないよ。三味線のお師匠さんとか、踊りのお師匠さんとかいうのは。

――特殊な仕事、腕で食えるような人でないと、ひとりでは……。

池波　腕ったって、女の特技ったら、三味線、踊り、お茶の先生とかさ。居酒屋ぐらいやってたのは、いるだろうけどね。おでん屋かなんかぐらいだったら、中年の女がひとりでやってることは。けど、女が板前、ちゃんとした料理屋の板前だと、味が狂うんだよ。今日辛かったかと思うと、明日は甘かったりして、そのときの気持の、生理の次第で狂ってきちゃうんだよ。

――先生はよくそういうふうにお書きになっていらっしゃいますけれども、そうでしょうか。私たちは母の味はいつも同じだと思いますけれども、違うものでしょうか。

池波　大体は同じだけどね。惣菜の場合はそんなに狂わないけど、ちゃんとした料理の場合は、狂ってくるんだよ。

——よく男の人は、おふくろの味って懐かしみますでしょう。三百六十五日のおふくろの、ある日あるときの、というふうには思わないですものね。

池波　子供のときから食わされてるだろう。子供のときは味は分からないよ。ただ、お母ちゃんがつくってくれたというだけで。それにならされてるから、おふくろの味、おふくろの味というわけだよ。

——味覚が大人になって、独立して、おふくろ以外の女のを食べたら、ああ、一定しないと。

池波　それで喧嘩になったりする。女房のほうがいいかというと、そうでもないわけだ。今の女房なんて、包丁とまないたが置いてない家がだいぶ増えたんだってね。違う？

——今、料理ばさみというのでやっちゃうんですね。

池波　料理ばさみって、何だ？

——はさみで切るんです。ネギとか何とか。

池波　そんなのあるの？　はあー。君は知ってるか。

——外国にはあると聞いてたけど。

池波　そうかね。まないたも包丁もないんだって？

——まないたは、どうか知りませんけど。

池波　まないたなんかないんじゃない？　はさみなんて。紙か何かの上で切ってるんじゃないかね。へーえ、料理ばさみ。おしんこ切るときにはどうするんだ?

——おしんこのようなものはどうするんですかね。菜っ葉だったら切れるんですけど。例えばタクアンなんかは、はさみでは切れませんね。

——ぐちゃぐちゃになっちゃう。

池波 タクアンなんか、第一、買わねえんじゃないか、料理ばさみしかない家は。

梅安の好物

——梅安たちの、日常生活のことですが、その頃は誰でも気楽に利用できる食べ物屋というのは、店というのは、いろいろあったんでしょうか。
池波 梅安の時代はもうあった。あのころのちょっと前から、いろんなものができ始めている。
——そうすると、自炊をしない場合は、ひとり者でもあまり不自由なく食べられたんですか。
池波 どこにでも一膳飯屋《いちぜんめしや》というのがあるから。

――煮売屋《にうりや》みたいなのも。

池波　そう、そう。煮売屋もあるし、一膳飯屋もあるし、居酒屋もある。居酒屋でも飯を出すしね。

――そういうところでは、朝飯も食べさせたんでしょうか。

池波　それは場所によるんだよ。つまり、朝早く出て働かなきゃならない人が住んでる町の飯屋は、朝早くからだ。職人が住んでるとか、日雇い労働者が住んでる本所界隈《かいわい》とかね。

――いわゆる下町のほうですか。

池波　下町とは限らないんだけど、ああいう人たちが住んでるのは下町だよね。そういうところの飯屋は、ひとり者がいるから、朝早くからやってるわけだ。そうじゃなくて夜遅い人が来る飯屋――郊外でも、本所とか、雑司ケ谷のほうの大名の下屋敷があるところなんかは、むしろ、朝早くからは店を開けないで、そのかわり午後から開けて夜っぴてやって朝までとか。下屋敷の中間《ちゅうげん》とか足軽というのはみんな博打をやるから、下屋敷の中間部屋はほとんど博打場になる。そうすると夜食、朝飯というのがあるから、そういうところは時間によってそういうふうになるわけだ。場所によって臨機応変に営業時間が決まる。年中無休で、盆暮れは休みになる。

――堅気の普通の人でも、所帯を持って自分の仕事をしているような人でも、わりあい外食というのをみんな平気でしたんでしょうか。

池波　所帯を持っている人は、外食をめったにしません。

――ひとり者のためにあったわけですか。

池波　いやいや、そんなことはないけれども。外食ったっていろいろあるだろう。料理屋もあるし、一膳飯屋もある。ひとり者だって、所帯を持ってたって、町中で友達同士で一杯飲もうというときは、いくらでもあるわけだから。だけども外食を毎日やってたら、所帯がもたないんだよ。

――今、家族連れでファミリーレストランに行ったり、デパートの食堂へ行ったりというとがありますが、そういうことは……。

池波　ファミリーレストランなんて全然ないし、所帯持ちの女は、そんなところに行かない。

――男が一緒でなければ、女だけでは料理屋とかそういうところには、行けないものだったんですか。

池波　場所によるんだよ。そういう女がいるところの場所だったら、不思議に思われないいんだよ。莫連《ばくれん》の女が歩いているところとか、女博打打ちが出ていくようなところだったら、女が来ても不審に思わない。そういうふうに、町の雰囲気というか、種類はぜんぶ分かれてるんだよ。それは、おれが生きてた戦前のころでもそうだよ。もし、何か外のものが食べたいと思ったら、町内でやってる鰻屋なり何なりに、家族中で注文して出前させるんだよ。たまにちょっとお金が入ったときに、何かおいしいもんを食べましょうというと、近くの鰻屋から鰻を取るとかするわけだよ。一つの町内にはすべてのものが揃ってるから、堅気の人はほかの町内にはあまり行かない。

——一家で今日は出前でごちそう取ろうかというときには、鰻……。

池波　時代によるんだよ。元禄時代にはそんなものはない。

——江戸時代の、梅安のころだと、ごちそうというのは？

池波　江戸の食い物が、蕎麦、鮨、天ぷら、鰻となったのは明治以後だよ。それまでの江戸のものの特色は何かというと、それこそ江戸前の料理ということだ。なぜかというと、東京湾には川がみんな流れ込んでくるわけだろう。川の淡水と東京湾の塩水とが、一緒になって混ざり合っているところでとれた魚というのは、独特の味がするわけだよ、川水と海水が混じり合っただけでも。だからアナゴはやっぱりこっちにかなわないとか何とかと言われているぐらいで、ハマグリでもノリでも、そういうものが江戸の名物だったんだ。

——コハダ、ハマグリ……。

池波　ノリ、アナゴ、シャコ。そういう独特な味のものが東京湾でとれたから、それが江戸前。江戸の前にある海だから、江戸前というんだ。

——〝江戸前〟という言葉は、江戸時代からある言葉ですか。

池波　末期からね。ヒラメなんかも味がぜんぜん違う。銚子の、千葉県のほうでとれたヒラメと、江戸湾でとれたヒラメとは味が違う。水が違うんだ。だから江戸の特色というのは、何とか何とかと限定しないで、つまり江戸前の魚を材料にした料理、江戸前の料理ということなんだ。

——先生の子供のころも……。

池波　まだまた、東京湾がそんなに汚れてなかったからね。

——朝、貝を売りに来たり。

池波　だから、まだまだね。

——貝というのが、いま我々だと高級品になっちゃって、アサリでも何でもあまり食べられないでしょう。ところが非常に身近なものだったんですね。

池波　そう、そう。シャコとか貝とかいうのは、我々のような貧乏な職人のうちは、みんなおやつに食ったもんだ。棒手振《ぼてふ》りでカニ、シャコを売りに来るんだよ。そういうのをおやつに食うんですよ。

——シャコは塩で食べるんですか。

池波　まあ、おやつに食うのはカニだね。シャコはおかずにして、甘く煮つけたりするわけだ。あるいはちょっと湯がいてわさびじょうゆで食ったりね。安かったんだよ。ハマグリなんかものすごい安いわけだよ。今、ハマグリは大変でしょう?

——梅安も、アサリとかハマグリとか、貝が好きですね。

池波　それがちゃんと時代をあらわしているわけなんだ。

――大根を刻んでさっとこう、そういうのが梅安は好きみたいですね。

池波　好きというか、それが普通の……。

――常食の。

池波　そうなんだよ。

――材料は野菜と魚ですか。梅安はトリ肉なんか食べたんですか。

池波　牛とか豚は駄目だけど、トリ肉はみんな食べた。シャモだね。

――鍋ですか。

池波　いや、鍋に限らないでしょう。焼いて食ったり。

――〔梅安〕でありましたか。

――シャモ鍋。焼き鳥……。

池波　焼き鳥の屋台なんかはあとに出てきたけどね。うちでやるときは焼いて食いますよ。

――患者さんからシャモをもらったというのがあったような気がする。

――シャモをもらったというのがありましたね。

池波　大抵、鍋にするんだ。

――肉屋みたいなのはあったんですか。トリ肉は売りに来たんですか。

池波　トリは売りに来ない。

――一羽を、自分のうちで締めて。

池波　一羽とは限らない。農家から買って来るんですよ。ちゃんと切ってはくれる。だけど一般の家庭のお惣菜にはあんまり食わない。今ほど普及してないから。やっぱり下賤なものとされてるからね。トリ肉を食うんだったら、ツルの肉とか、ウズラの肉とかを、大名とか偉いやつが食うだけだね。シャモ鍋なんて下賤なものとされてたんだよ。だから、深川とか本所とかそういうところに……。

――梅安の時代には酒屋というのはあったんですね。

池波　それはもういっぱいある。梅安の時代になれば、みんなかなり飲んでるよ。そんなに高くなってないから。だけどやっぱり、酒を飲むということは特殊なことなんだよ、今と違ってね。

――例えば庶民では、寄合があるとか、何かがないと。そういうきっかけが必要だった。

池波　毎日飲む人は飲むけれども、ほんとに好きな人は、職人でもだれでも毎晩飲まなきゃいられないけれども、ある程度飲むという人だったら、そう毎日は飲めない。家計に響くから。

――このころの勘定は、毎日ものを売り買いするたびに現金じゃなくて、全部ツケですか。

池波　ツケです。顔を知らないところだったら、そんなわけにはいかない。

――自分の生活圏の町内では。

池波　町内だったらツケ。

――払いは盆と暮れと年二回ですか。

池波　年に二回のところもあるし、大抵、暮れ一回だね。

――ずいぶん暮らしやすかったのかな。

池波　暮らしやすかったけれども、踏み倒されたら大変だよね。だから昔の大晦日というのは大変なんだよ。今の大晦日は何でもないだろう。ぜんぶ現金でやるから。

――ツケにすると……。

池波　ツケにするとね、大晦日はみんな苦しむわけだよ。だから、おかみさんというのは油断できないわけだ、昔の人は。

――身上つぶす人も、大晦日までは分かんないわけですね。払う段になってお金がないと。

池波　ある程度分かってるだろう。（笑）

――梅安さんのころには、大体、欲しいものは売ってる時代ですか。

池波　そう。

――酒屋みたいに、煙草屋というのも独立した店があったんですか。

池波　煙草屋は、大きな煙草屋があるでしょう、そういうところが小売に卸《おろ》すんだよ。だから、ちっちゃい町でも必ず一軒はあるんだよ。

――煙草専門店ですか。

池波　ごく小さな町の煙草屋は、小売だから刻んであるものを買ってくるわけだろう。そのほかにちり紙を置いてあったり、ろうそくが置いてあったり、提灯が置いてあったり。

――今の煙草屋とわりと似てるんですね。

池波　そうそう、だから似てるんだ。それは残ってるんだ。

――線香があったり。

――のし袋があったり。

池波　今でもその名残りが残ってるわけだ。煙草だけ売ってる店もあるわけだよ。

――昔の喫煙というのは、今の大人と同じぐらいに、大人が吸ったものですか。

池波　煙管に入れて吸わなきゃなんないからね。火が、今のようにマッチなんて、ライターもないから、今の煙草を吸う人よりかはどうしても、喫煙回数は少なくなるわけだ。火種《ひだね》っていうものはあるけれども、普通に歩いてた場合は、火を持って歩いてるわけにはいかないから、火があるところに行って吸わなきゃなんないから。煙草盆が置いてあるところで吸うというのが建前。建前というか、それでなきゃ吸えないわけだ。お百姓さんなんかは、畑だから、煙草盆がないから、火打ち石でこうやってつけるだろう。つけたら、ふうっとして、ぜんぶ吸いきらないうちにポンと。それを火種にして、また新しいのを詰めて吸うわけだ。煙草の量だって、そういうことをするわけだから、二、三服吸ったら、もうやめちゃう。煙草の害というのはわりあい少ないだろう、しかも煙管を通して吸ってるわけだから。

――煙草売りが来たものですか。

――煙草売りというのは来ない。来たかもしれないけど、物売りの中にはあまり残ってないやね。つまり、それほど煙草屋というのは町にあるわけだよ。

――今みたいに何歳までは吸っちゃいけないとかって。

池波　江戸時代はそれはない。兵隊検査はなくても、子供の時分に吸うということは、親がぜったい許さないから吸わせないよ。

――そんな面倒なものをよく吸いましたね。

池波　吸いましたけどね。それは桃山時代……戦国時代はほとんど吸わないよね。いくらかは吸ってたけどね。江戸になってからだよね。元禄でもめったに吸わないよ。少しは吸うようになってはいるけど。元禄でも、町人たちはほとんど吸わないで、元禄時代で煙管をぽんぽんやってるというのは、だれもがやってるというのはちょっとね。

――元禄のお侍さんなんかは、家に帰って一服とかやったものですか、大石内蔵助みたいな人が。

池波　そう。だけど、まだまだ、どっちかといったら嗜好品《しこうひん》だからね。嗜好ったって、ちょっと贅沢なね。

――高いものですか。

池波　煙草を栽培する余地が、戦国時代はないわけだよ。だから南蛮渡来になってるわけだ。南蛮渡来の煙草の葉っぱを、だんだん栽培するようになるということは、戦国が終わって何年かたたなきゃ、やっぱり……。

——酒と煙草は、ほぼ同じぐらいに普及しだしたという感じですか。

池波　酒の普及はもっと先だよ。

——酒のほうが先。

池波　酒は昔から、奈良朝時代から一般の人も飲んでるけども、毎日のようには飲めないということだよ。

——煙草というのは、外国から入ってきて、最初は武士ですか。

池波　そりゃ武士です。例えば信長とか秀吉とか、よっぽどの権力者だね、入ってきたときは。スイカでもそうだよ、スイカのような果物でも。スイカは南蛮渡来だから。江戸時代になってくれば畑にも人手にも余裕ができるから、スイカなんかどんどん栽培するようになって、一般の人が食べられるようになったということだ。蕎麦もそうだし。

——史上有名なヘビースモーカーっていますか、煙草が非常に好きだったという。

池波　江戸時代の？　あんまり残っていない。好きな人はいるだろうが、ヘビーとまではいかないんだね。

——煙草屋さんに行けば、自分の好みで、今いろんな煙草があるように、多少、選択というのはあったわけですか。

池波　ある。薩摩刻みったら一番上等だね。薩摩の土地というのは煙草に適してるわけだろう。それから水戸のほう、茨城県のほうね。土地によっていろいろある。

――梅安は煙管でときどきね。

池波　ときどき吸ってる。くわえ煙草で町を歩くなんていうのは、くわえ煙管になるからさ、そういうことはほとんどないわけだよ。火種がないから。

――煙草そのものにいくら凝るといっても、煙草は種類が決まってるから。煙管には凝ったものですか。

池波　煙管と煙草入れ。素晴らしいものがあるね。自慢で人前に出すときにね。

――銀煙管。よく、落ちた煙草入れから足が付くとか。注文主とかなり密接なんですね。それは非常に贅沢なもので、懐に響きますか。

池波　そんなことはないよ。安いものも……。紙の煙草入れもあるんだよ、布の煙草入れも。そういうのは安いじゃない。

――お百姓さんなんかも、田んぼでやってたんですからね。

池波　女はほとんど布だよ。煙管を入れる袋も布。

――煙草を吸うというのは、女の場合は当時は、別に特殊な目で見られたということはないわけですか。

池波　特殊な人じゃなきゃ吸わないな。

――水商売とかそういうことですか。

池波　大店《おおだな》の女将さんになって、好きな人は吸うけどね、人前じゃ吸わない。

――女が煙草を吸うのは、かっこ悪いことだと思われてたんですか。

池波　今だって、煙草をやって、鼻からぷうっと煙を出したら幻滅だよ、好きな女でも。

――人に幻滅を与えないように、陰で吸ってたんですか。

池波　うん。色気がない。そうだろう?

――吉原で、煙管をこうやったりしますね、お客と。あれは相当高いもの、嗜好品だから、そういうあれが……。

池波　自分の口につけたものを相手の口につけるわけだから、間接のキスを表してるわけだよ。

――親愛の情を……。

――助六に、ぱっと煙管がいくのは、そういうことですか。

池波　吸付け煙管といってね。

――色里じゃなくて、普通にあった風習ですか。奥さんが旦那さんにぱっと……。

池波　そりゃしないよ。

――それはやっぱり色里の風習ですか。

池波　奥さんが旦那にやってやることも、あるだろうと思うけどもさ。めんどくさいからって、マッチぴゅっといくわけにはいかないからさ。煙草つけてくれと言や、ちょっと自分が一服ふかして差し出すということはあるだろう。

——煙草というのは、考えてみるとずいぶんめんどくさいものだったんですね。

池波　めんどくさい。めんどくさいところがいいわけだよな。

——手順をやってるうちに気持ちが落ち着くとか、そういうことがあるんでしょうか。

——一服の重みというか、味わいは今と違って昔はずいぶんあったろうなという気がしますね。ありがたみがぜんぜん違うんじゃないかな。

池波　侍なんかの場合は、煙草を吸ってるときに斬り込まれたときには、パーンと投げつければ、いくらかは身を守ることにつながるんだよ。

——果物なんかは、梅安さんの時代は、八百屋で売ってたものですか。スイカとか。適宜、自分で買いに行って食べられる。

池波　そりゃそうだよ。(笑)

——マクワウリなんて売りに来るというのは、小説や映画で……。

池波　ウリ売りとか、スイカ売り。行商のお江戸だもん。そして果物なんて贅沢品なんだよ。食わなくて済むだろう。また、そんなに今みたいに穫れないんだよ。大工とか左官とか、一般の庶民が果物を食うなんてほとんどないよ。スイカぐらいかな。夏になって、スイカ屋が来たのを買って、井戸の中で冷やして食うとかね。それでも毎日のようにはいかないよ。

——ミカンは。

池波　紀国屋が運んできたミカンというのはだれが食べたんですか。

——それは一般の人が食うよ。

池波　ミカンは普及してたんですね。

——普及してたけども、毎日のようにミカンを食うというわけにはいかない。なくとも済むもんだろう。江戸の一般の人の生活は、慎ましやかなもんだよ。

池波　芝居見物なんていうときは、水物というので、お弁当とセットで果物を持っていったということはあるんですか。

——それは芝居茶屋でぜんぶ売ってる。茶屋を通さないと切符が買えないんだ。

池波　今の相撲みたいな感じですね。

——大体、そういう小屋へ行けば、梅安さんの時代には、食後にデザートが出たもんでしょうか。

池波　ミカンぐらいだろうな。スイカは出ないだろう。弁当だから。

——スイカは高いからですか。

池波　高いからということはないけどもさ。あんな狭い小屋の中でスイカなんか、水が散っちゃって席が濡れちゃうしさ。そういうときには芝居茶屋へ移って、幕間に食べるわけだよ、桟敷じゃなくて。お金があって食べるときには芝居茶屋へ行って。

――芝居というのは、今でいう立ち見みたいな感じで。

池波　ぜんぶ立って。あとは座る所になってるからね。そういう所は芝居茶屋を通さないと切符が手に入らない。

――そういう人は、ある程度のお金の余裕が……。

池波　余裕があるわけ。出方《でかた》っつって、案内してくれる人、うちのおじいさんなんか、浅草の永住町《ながずみちょう》にいてね、錺《かざり》職人だけどさ、二長町のいちむらさんという人がね、ちゃんと決まってるんだよ。

――出方というのは御茶子《おちゃこ》というのとは違うんですか。

池波　御茶子は関西。

――東京は出方と。

池波　男、いろんなもんを運んでくるのは。関西では女。関西でも案内する人は出方だけどね。うちのようなしがない錺職人でも、決まった出方がいるわけだ。

――先生のおたくは特別だったということは……。

池波　いやいや、出方はみんな決まってる。出方というのは、馴染み客を上から下まで何人か持ってるわけだから。それである程度の差額とか、行きゃ必ず心付けを渡すからね。そういうもんが収入になってるわけだ。

――おじいさんという方は、芝居がまた特にお好きだったわけですか。
池波 そうだね。市村座のトメさんとか何とかいうのがいるわけだよ。
――おじいさまと一緒にお芝居に……。
池波 行ったことはあるけどね。おれが連れてってもらったころは、市村座は焼けちゃってるから、出方そのものは、おれの子供のころは……。母親なんかはやっぱり知ってるけどね。おれのころは、出方というのは廃止になってるわけ。みんな椅子席になっちゃって。東京は自由に切符も買えるようになったからね。震災後から。
――もうちょっと前の、映画がまだよかった時代に、普通の人が映画を観に行きますね。芝居を観に行くというのは、費用の面ではそれと同じような感じだったんですか。
池波 大入場というのがあるんだよ。それは立ち見だよ。立ち見になってるから、立ち見でぜんぶ見られるわけだよ。それは安いわけだよ。安いけども、押すな押すなだから、いい芝居のときは、何時間も前から立って待ってなきゃ入れない。がらがらのときはあれだけどさ。
――芝居茶屋を通していくというのは、大贅沢ですか。
池波 出方じゃなくて芝居茶屋？　芝居茶屋に行くのはお金かけてやらないとね。
――出方を通して行って、出方に何か運ばすというのは……。
池波 弁当。

――弁当を運ばせてというのは、年に何回かできるような……。

池波　うちのおじいさんなんかの場合？　そうね、年に六回ぐらい、二ヵ月に一ぺんぐらいだろうな。

――芝居好きの普通の人ですね。

池波　芝居が好きな人はね。それでもいいほうですよ。そういうことに金をつかうわけだよ。宵越しの金は残らないというのは、そういうところでつかっちゃう。今は編集者でも、芝居、観ないからね。芝居も観ないし、映画も観ない。暇がありゃスナックで飲むだけだよ。それじゃしようがないよ。今、女でもそうなんだから。四谷あたりでわいわいとおだをあげてるのがいるんだから。そうだろう？（笑）

――梅安さんの時代で庶民の楽しみというのは、他には。湯治に行くとか、例えば箱根とか熱海の湯へ梅安さんたちは行きますけど。

池波　そこまでの贅沢は……。楽しみは、早く家に帰って、酒の一本でも飲めばもう極楽。謙虚なんだよ。働いて、酒を一本飲んで、ありがたいと。女房、子供と、病気もしないでいる。酒を一杯飲もうと。それだけで十分なんだよ。だから謙虚なんだよ。

――江戸の戯作者たちが、よく箱根に湯治に行くなんていうのは……。

池波　戯作者とかは特殊なんだよ。蜀山人《しょくさんじん》とかね。馬鹿どもでもないけど、ああいうようなやつは金があるからやってるわけだよ。一般の慎ましい家はね、たまの楽しみなんだよ。その楽しみというのは言語を絶するわけだろう。今はそんなこと何でも普通になっちゃってるから。酒だって、いつも飲んでるから、大したことないよね。女でさえ飲む時代だから。

——女が飲むということに対して先生はなにか感想がおありですか。

池波 ないよ。（笑）飲む女と若いころから付き合ってるんだから。お女郎と。女が飲むということをおれは別に、いやだと思ったことはないんだよ……。お女郎はみんな強いよ。飲めないお女郎もいるからね。飲めないお女郎は苦労するよ。

——今のサラリーマンと同じですね、飲めないお女郎さんが苦労するというのは。

池波 大変だよ、お女郎はね。

——飲めないと……。

池波 やっぱりお女郎というのはみんなつらい思いをしてるわけだからね。毎日。いやな男にだって、抱かれなきゃならないっていうと、やっぱり飲めなきゃ憂さが晴れないだろう。

——飲めないお女郎さんの憂さ晴らしっていうのは、どういうことがあったんでしょうか。

池波 中には好きな男もいるからね。それが憂さ晴らしになるわけだ。

男の遊び

――吉原ひとつにしたって、ぼくらは、映画でしか見たことないから、どういう仕組みでどういうふうにするものなのか、家がどういうふうに並んでたのかとか、そういうのはぜんぜん分かりませんね。

池波　おれが行ったときは、まだ木造建築が多かったからね。木造で三階建てとか、二階建てなんだけども。おれたちのときは、株屋にいたせいもあるけど、吉原へ行ったからって、必ず女とそういうことをするために行くんじゃないんだよ。しないこともないけどもさ。

――大抵は、そのために普通の人は行くわけでしょうね。

池波　そらまあ、そういう人が多いでしょう。

――今の若い人が、スナックとかバーとかに行くような感覚ですか。

池波　安いところもあるんだよ。それはスナックに行くような感じで行けたんだよ。それはみんながそれが目的で行くわけだよ。このぐらいの部屋に五人ぐらい……行ったそうだ、おれは行ったことないけどね。(笑)

――つまり、そういうことが目的でなくても、吉原に若い人が行ったというのは、そこで食べたりとか、そういうわけですか。

池波 食べに行くんじゃなくて、やっぱりそういうことをしに行くわけですよ。

――結局はそうなんですか。（笑）

池波 若い人は高いとこに行けないからさ。トントントントンと階段を上がって、十分たつとトントントンと若いやつは降りて帰って来るんだというんだ。（笑）おれの場合はちょっと違うんだな。雰囲気に行くんだね。

夏なんかいいんだよ。当時どこでも冷房がないだろう。夏なんかは物干しで寝るんだよ。女郎屋の物干しはいいんだよ。

――いいというのは、涼しいんですか。

池波 涼しい。妓夫太郎《ぎゆうたろう》に金やっとくと、物干しのところにちゃんと蚊帳吊ってくれるんだよ。自分の相方《あいかた》には、稼いでおいでといって。

――そこでちょっと一本つけたり。

池波 そこで寝るんだよ、涼しいから。新内流しが通っていくね。

――先生のころにも新内流しなんかが……。

――立ち止まって流すわけですか。

池波 金やんなきゃやってくんないよ。流してるから、こう金をやって。

――物干し台から投げるんですか。

池波　投げたことあるよ。妓夫太郎にちゃんと言ってね。妓夫太郎が「お客さん、物干しだからね」っていうと、大きな声でやってくれるよ。

――物干しに上がれるお客というのは相当、馴染み……。

池波　そういうことしてくれませんよ、普通は。おれなんか何年間分か、前払いで置いとくんだから。他に金のつかい道がないから。お女郎だって、朝、ちゃんと朝飯の支度してくれますよ。

――梅安さんが独身貴族で、どんどんお金をつかうのは、先生のそういう面影があるんですね。

池波　今は貧乏だけど。(笑)ほんとにもう、昔と較べたら。

――前払い金がなくなったら、なくなりましたと言うんですか。もうそろそろです、とか。

池波　言われたことないな。兵隊に行くときが最後だもんね。二年ぐらいは大丈夫よ、なんていってやがった。二年ぐらい大丈夫ったって、おれは兵隊に行くんだから、おまえいいようにしろって。戦死するかもわかんないからって。

またお女郎がいろんなことを教えてくれるんだよ。酒の飲み方とかね。いつも話すように。体こわさない飲み方とかさ。いろんなことを、いつも教えてくれるわけですよ、おれのためになることをさ。株屋の友達でも、おれは自分と同じ店のもんとはぜったい行かなかった。そういうことをやってると知られると、困るから。店が、大将が堅いから、知られたら大変だ。相場は、ほかの店でほかの友達とやってた。店で会ったら知らんぷりして。店の友達と付き合うのは、堅い連中とばかりだね。アルプス登山したりなんか。別なんだよ。

——アルプスから吉原までの青春。(笑)

池波 ぼくのいとこが全部ね、教えてくれた。戦死じゃない、病気にかかって戦後、死んじゃったけどね。あれが生きてたらどんなにいいかと思うけど。

——独身のままで亡くなられたんですか。

池波 いや、嫁をもらってすぐ。だからかわいそうですよ。子供が一人、女の子がもう大きくなってね。

——その方が先生の遊びの先達。

池波 それと井上ね。(注。中公文庫『青春忘れもの』参照) ほかの店の番頭さんとか、ちっちゃい株屋のご主人とかにかわいがられた。そういう人に引き回された。

——違う店のご主人と、吉原に行ったりすることはあるもんですか。

池波 吉原には行かなかった。番頭さんとは行ったけどね。吉原も、ぼくが行ったのは中店って、中ごろの店、そこに行った。

——そこでは大体……。

池波 いい女の人をいっぱい抱えてたんですよ。ご主人がいい人だったから、いいお女郎さんが集まる。

――そういう店は、一人の女の人と寝たら、もうその人だけと……。

池波　ほかの女に手を出したら駄目だ。

――駄目でしょう?

池波　うん。ほかの女に手を出すときは、ほかの店に行かなきゃならない。おれはもう決めたらぜったい長続きのほうだからね、何でも。

――一番最初に行ったときは、ある程度選択して、この人がいいと。

池波　いとこがちゃんと選択するんです。正太郎にはこれがいいなっていうのをね。そうすると、兵隊に行くまで同じお女郎。

――そうなると通い妻の逆の、一種変形した夫婦みたいな感じですね。

池波　夫婦ったって、こっちがジゴロだよね。かわいがってもらった。

――相手の女性は二十歳かそこらですか。

池波　そのときはおれが十六で、むこうは二十四、五だね。だからいろんなことを教えてくれるわけですよ。当時の二十四、五っていったら、世間的な知識は今の四十ぐらいだもん。ましてや水商売の人だから。酒の飲み方だって。「正ちゃん、あの方は付き合っちゃいけませんよ」とかね。二年ぐらいたつと、ああ、言うこと聞いててよかったと思うんだよ。

――十六歳の少年が、何年分もどんと前払いするというのは……。

池波　十六のときはまだ前払いできなかった。十八ぐらいだ。

――それは、だれかに言われたわけじゃなくて、自分でそうしようと思ってなさったんですか。

池波　おれは何でもそうなんだ。先に払っちゃうんだ、あるときにね。相場をやってるんだから、失敗するときだってあるんだ。

――そういうことやる人は、多かったもんですか。

池波　分かんない。

――先生独自の……。

池波　いや、それは分かんないよ。やってる人もいたかどうか知らないよ。

――梅安もわりとそうですよね、心付け置いて。あれは商売柄すぐ飛び立ったりすることもあるんでしょうけれども。

――三十両あげたりして。そういうのは性格的なものなんですかね。何でも先に、あるときに、ぱっと。

池波　煙草なんて、一つ買うのは昔からいやだね。金がないときでもカートンで買っちゃうんだ。何でもそうでないと駄目なんだ。いいと思ったものは、洋服でも必ず二つ買っちゃうんだよ、今はできないよ。今はお金がないんだから。(笑)

――つつましく少しずつというんじゃないんですね。町衆の派手というか、そういう名残りみたいなのがありますか。

池波　そんなことはないよ。それでタクシーなんかほとんど使わないんだよ、そんなに金があったって。よほどのことがない限りタクシーなんか乗るもんじゃない、まだ若くてタクシーなんて乗るのはいけないって。

——そういうときの二十四、五の女の人は、例えば十六から十八ぐらいの正太郎少年には、どういう感情なんですか。

池波　女が？　それは分かんないよね。

——少年から見ると。

池波　おれも年下の女とは思えないよね。

——惚れてたんですか。

池波　惚れるというのとはまた違うんじゃないの。自分の姉さんみたいな気じゃないの。姉さんとかそういうもんだよ。

——十六の人が、二十いくつの人をかわいいとは思わないでしょうね。

池波　こっちが十八、九になるとだんだん……。むこうも二十七、八、九、三十近くになってくるわな。

——古馴染みという感じはないんですか。

池波　そういう感じになってくるね。

――それでうんざりとかはないもんですか。

池波　うんざりというより、抱き合って何かするというよりも、気持ちの上で……。

――毎日顔を突き合わせてたらそういうことあるだろうけども、そうはいかないでしょうから。

池波　うん、なってくる。うちのおふくろが、お女郎のところに礼に行ったぐらいだからね。おれが兵隊に行ったとき。安全だったから。安全ですよ、初めのうちは、絶対に泊めないんだ。「おかえんなさい」と言うんだから。

――家族みたいになってくる。

――何時ごろ帰ってくるんですか。

池波　九時ごろだよ。おっかさんが心配するからおかえんなさいって。初めはね。十六ぐらい、初めに行ったころ。

池波　そういう人はいっぱいいますよ。全部じゃないけど、かなり。いとこが選ぶときがもともとなんだよ、そこが大事なんだよ。

――偉い人ですね。人間的に偉い人ですね。

池波　おれのことを知ってるから。正太郎にはああいう女がいいだろうということで選ぶ。

――いとこの人も遊んで、いろいろしてるから、見る目が……。

――でも、そのお女郎を選んだというのは、その女の人を見きわめたわけですね。

池波　それはそうだろう。いろいろ相談したんじゃないの。だから、別にそういうことをしに行くためということじゃないからな。ただ金のつかい道に困って行くんだよ。（笑）

——やっぱり異常なんですね。（笑）

池波　とにかくつかい道に困っちゃうんだよ。相場で失敗したときは、ひどい目にもあってるよ。失敗したときには一文もないんだから。カラケツだからね。だけど入ってるときは、もう……。おふくろは地所を買っときゃよかったというけど、若いときはそんな分別はない。ましてや東京だろう。家なんか買うもんじゃないと思ってる時代だからさ。さりとて、おふくろにそんな金をやったら、「何これは」ってしかられちゃう。おふくろには月に十五円ぐらいしかやらない。そのころは中店が、一般の人が泊まって七円ですよ。当時、サラリーマンの初任給が五十円だろう。そのうちの七円だよ。だけどむろん七円じゃ済まないよ。十円はかかっちゃうよ。

——七円というのは、夕方行って、酒なんかも……。

池波　そしたら七円じゃ済まないんだ。十五円とか二十円とか、かかっちゃう。

——七円というと、どういうコースですか。

池波　酒は一本も飲まないで、ただ泊まってくるだけだよ。

——一泊、朝までその女の人と一緒にいてですか。

池波　心付けは別ですよ。心付けはまた妓夫太郎とか、ご新造とか、内証とかやったら大変だよ。一番初めにそれをひっくるめて渡しちゃうわけ、二万円ぐらいね。

——七円の時代に二万円渡しちゃうんですか。

池波 うん。これでやってくれって。だけど決して無駄遣いしないよ。ちゃんととっとくよ。

——むこうはですね。

池波 五十銭のところもあるんだよ。十五分ぐらいで、トントントンと。あるそうだよ。洲《す》崎《さき》もぼくは行きましたよ。株屋は洲崎はよく行ったんですよ。

——洲崎のほうが安直な感じなんですか。

池波 吉原のように、高いところもありましたよ。あそこは何がいいかというと、お女郎がいいんだよ。面白いんだ。翌朝、船を出して洲崎の海でハゼ釣りか何か二人でやって。つまり、童心に返るというところに遊びの醍醐味があるんだ。女も男も童心に返る。これでなきゃ駄目だ。金で買った女ということを、こっちが思ってちゃいけない。むこうも、金で身を売ったという感じじゃなくて、両方が童心に返って無邪気になるというところに醍醐味があるんだよ。それがなかったらお女郎遊びは駄目ですよ。だからセックスじゃないの。

——梅安さんは、職業柄なんでしょうけれども、童心ということは見せない人ですね。

池波 だって梅安はもっと違うもの。

女でも無邪気なところがない、つまり、ユーモアを解さない女は駄目なんだよ。男もそうだよね。そういうのが両方とも今はほとんどいなくなってきたから殺伐としてきてるんだ。一つの面で見たら、男女のこと、深刻な話になっても、別の面から見ればユーモアで解決できちゃうんだから。それができないから家庭生活でも、離婚とかそういうのが起きるわけだ。諧謔《かいぎゃく》精神というか、ユーモアがない人は駄目だよ。面白くない。

——梅安なんか本来暗いでしょう、あんなことしてるわけですからね。それでいて、どこかに、人間の一番いいところを信じているようなところがありますよね。いろんな人間を見て、自分も暗いことがあった末のことかなと思って。

梅安が、治療の仕事を終わって、ちょっとした料理をつくって食べるときには、なんかにこにこしてる感じが。童顔になっているんじゃないかな。

人間の幸せということ

——先生はお洒落で、いつも素敵なセンスで着ていらっしゃいますね。

池波　おれは、みんなにそう言われるんだけど、おれはお洒落かね。そんなことはないよな。

——先生はたいへん色彩感覚がよくていらっしゃいますね。絵なんかにも。絵心は子供のころから……。

池波　絵心っていうより、株屋にいたときから、自然にそういうのを覚えるよ。

——お金があって、いいものをたくさん体験なさったから、目が肥えて。

池波　おかしい恰好をすると、すぐ言われるからね。そういう恰好をしちゃいかんということじゃなくて、間違ってるというわけね。ネクタイの色とか……。

——このあいだ伺ったときに、先生が、スウェードの薄いピンクのシャツを着てらして、黒いタイを結んでらして、実に洒落た色彩感覚だなと思いましたけれども。

池波　おれは、それほどお洒落してるつもりはないよ。

——自分でお買いになるんですか。

池波　自分の着るものは一切自分で買います。自分で着るものを女房に買わせちゃ駄目だよ、そんな男は。

——ぜんぶ自分で。

池波　そう。

——株屋さんにいらっしゃったころから、ずっとそれは習慣でいらっしゃるんですか。

——じゃ、ごくご幼少のみぎりを除いて、ぜんぶ着るものはご自分好みで。

池波　女に任せると変なものを買ってくる。いや、失礼。（笑）だけど、大抵の女に任せると駄目だよ。

――ネクタイは気に入らないとよく言いますね。

池波　ネクタイは、女が男にプレゼントするもんじゃない。男がやるなら、男同士で分かるけどね。女がやってもぜったい間違えちゃう。

――どうしてなんでしょうか。

池波　やっぱり女というのは、ちょっとロマンチックな……。いくら年取ってもああいうのがあるんだよ。

――男はそういう、女の選んだようなロマンチックなネクタイは、いやですか。

池波　そのほうがいいという男もいるんだよ。そういうのは喜んでやってもらうわけだ。

――先生のように、若いころにそういう経験を積む土台がない場合は……。

池波　土台というよりはね、まず、自分の着るものというのは、自分の顔と体を鏡でよく知ってなきゃいけないんだよ。裸になって、自分が素っ裸なのを見なきゃいけないんだよ。

――ほう、ほう。

池波　ほうほうって、そうじゃないか。（笑）そうじゃなきゃ、自分に合うものも合わないものも分かんないよ。裸になって、自分の体をぜんぶ鏡に映してみないと駄目だ。

――先生が考える、顔かたちも含めて、男らしさというのは、どういうことですか。よく女が考える、男らしさというのがありますよね。

池波　どういうの？　言ってごらん。

――ハーレクインの主人公みたいなものですよね。

池波　なに？

――ハーレクイン・ロマンスというのがいま大流行で。

池波　それは何だ？

――ハーレクイン・ロマンスという翻訳物の恋愛小説のシリーズなんです。

池波　知らない。読んだことない。外国の？　どういうの？

――外国の。

――典型的なのって、例えばどういう話なんですか。

――つまり、金持の大実業家と玉の輿の女の話です。

――大実業家というのはかっこいいわけですか。

――かっこいいんです。

池波　それが女の、男の理想なの？

――身長百八十センチ、顔は浅黒くハンサム、齢三十五歳ぐらい、胸毛あり、地位も名誉もあり、スポーツもできて。

池波　君は胸毛が好きなのか。

――いえ、ハーレクインの話です。（笑）

池波　君のいま言った、翻訳小説の男の主人公は、女の一種の我欲の理想像なんだよ。

――そうですね。ぜったい女を裏切らないんです。最初から最後までその女一人だけなんです、その男にとっては。

池波　例えばある男がいて、今きいたようなタイプの男に化けて、女をだますとかあるだろう。だまさない場合でも、そうなってて、いざ結婚間際になって、急に金がなくなっちゃって、倒産して、がたっといったら、女はもうその男を捨てちゃうんだよ。

――まあ、そうですか。

池波　幻滅を感じちゃうんです、捨てるというのはね。そういう女には幸せが来ない。

――女の我欲が強くなった時代の反映なんですか、ああいうロマンス物が流行るのは。

池波　そうそう、今は我欲が強くなってるからね。

――それが先生、未婚の女性だけが買うんじゃないんです。家庭の主婦も買うんですって。

池波　家庭の主婦の浮気が増えたというけど、すぐ幻滅を感じるんだよ、自分の亭主にね。

――そういう外見的な、外から分かるような条件に当てはめたら、すぐ幻滅しますよね。

池波　てめえに、幻滅するだけの価値があるかといったら、ないんだよ。冗談じゃないんだよ。

――風向きが悪いですね。じゃ先生なんかが男らしい男だなと思うのは、さっきのハーレクインの寸法でいけばどういうふうになりますか。

——男の場合には、一般論は分からんけれども、ぼくの個人的な考えだと、背丈とか胸毛があるかないか、そういうことを判断の基準にしたことないですね。

——一番ぐっとくるものは何ですかね。

——ぼくなんかの場合は、その人が選んだ仕事でどこまでちゃんとそれができるかという、能力いっぱい頑張ってれば男らしいなと思うし、力があってもぐたぐたしてれば、ちょっとみっともないなと思うし。

——じゃ、女が一生懸命頑張ってれば、女らしいと思いますか。

——こっちが女に要求する、例えば料理であるとか裁縫であるとかでね。

——こっちが女に要求する分野というのがあるんですね。先生もそういうお考えですか。自分が女に要求する分野で、一生懸命やってれば女らしいと思いますか。

池波 一生懸命って、くだらない男なのに一生懸命尽くしてるというのは、かわいそうではあるけれども、それは別にあれだろうけどね。

——ヤクザに惚れる女だっていますものね。

——でも、そういうのって女らしいと思いますね。

池波 そう、女らしいよ。

——ああ、そうか。男に惚れるというのは女の分野で。(笑)

池波 のんだくれて、どうしようもない男で、それでも惚れて、最後まで尽くす人いるよ……今はいないだろうけどもね。

——いや、今もいるんじゃないですか。

池波　それがいいと思うといえばあれだけども。女らしいと思うね。

——先生の男らしさの条件というのはどうですか。

池波　だけど、男が男を……。

——例えばけじめとか、そういうふうなこととか。

池波　そりゃあ男も女も共通して、ひとの身になって考えるということができる人が一番いいわけだよ。なかなかできないことなんだけどね。

——先生の作品の男の主人公は、大体そういうタイプですよね。悪事を働くけれども、いつも考えているようなタイプの主人公が多いですよね。梅安にしろ……。

——真田信幸さん（注。『真田太平記』の登場人物）なんて典型じゃないですか。

池波　信幸？　昔は、信幸ならず大名はほとんどそうだ。そういうふうに育てられてるから。食うもんなんかでも、食べてまずいと言わないでしょう。言うと、下の下までいっちゃうからね、責任が。ひどい目にあうからね。罰せられたり、陰口を利かれたり。

——男らしさの反対は何と言うんですか、男らしくない、ですか。女々しいというのは反対語じゃないですか。

池波　女々しいだね。女々しいというのは、女に対して言うことじゃないからね。江戸時代の儒教の言葉だから。それは全部は当てはまらないけどね。女はすぐ泣くだろう。今は泣かないか。

——嫋々《じょうじょう》として泣くって、どういう状態で泣いたらそうなるんだろう。

池波　おれはそういう女は嫌いなんだよ。

——そういえば、先生の小説には、あんまり出てきませんね。

——ないですね。

池波　さっぱりしたほうがいい。

——おきぬとおみちとか、男装する女性が出てきますものね、先生の小説の場合は。

——女忍びみたいなのにしびれるほうなんですか。

——おごうさんとか、こたまさん（注。両方とも『忍びの女』の登場人物）とか。

——先生はどっちかというと、小説では、むっちりしたような感じの……。

池波　気持ちだよ。いくらむっちりしてたって、気持ちがいやな女だったら駄目だよ。

——先生の小説に出てくるいい女というのは、大体こう、おもんさんもそうだし……。

——肉置《ししお》きゆたかという描写が。

池波　それはどうしてかというと、少なくとも戦前までは、それが美人の標準になってたんだよ。女の標準だったんだよ。

——小野のお通さんとか、ゆったりしているという人が多いですね。

池波　それが女の標準だったんだ。いい女って、つまり顔じゃなくてね。今はやせることが流行りだから、どんどんやせるけどね。

——でもやっぱり、ほっそりした柳腰が、風にも耐えないようなのがモテたんではないんですか。それは明治以後ですか。

池波　昔？　そういうのもいたよ。

——夢二の女みたいに。

池波　夢二みたいに。肺病みたいなのが。（笑）だけど、気持だよ、女は。気持が大事なんだ。男もそうだけど、ことに女が我欲を持ったら、絶対に幸せになれない。おれは六十年生きてきていろんな女を見てきたが、絶対だよ。自分が人間的に向上しようとか、そういう欲はいいんだよ。我欲は持ったらぜったい駄目だね、一時はよくても。金があったって別に幸せじゃないんだから。そうだろう？

竹久みちみたいに。あれは我欲の典型だ。悪いことというのは、すぐにあらわれないから困るんだよ。いいことはわりあいすぐに結果があらわれるんだよ。だけど悪いことはなかなかあらわれないんだ。田中角栄しかり、何々しかり、政治家は。だから困っちゃうんだよ。取り返しがつかなくなっちゃうんだよ。悪い星に乗ったときに我欲が出ちゃうんだよ。男でもそうだよ。

——男の場合は、自分の仕事とか、一緒にやる仲間のこととかで、おのずとかかるブレーキみたいなのが働くんですよね。

池波　女とはいくらか違うけどね。おれも長いあいだ見てて、これはぜったい言えると思う。一時は苦労しても、我欲のない人ほど幸せになる。

——それは、先生の、女の人の理想像みたいなもので、〔梅安〕に出てくる女の人なんかでも……。

池波　あれは幸せになる。類例を見てるからね。おれの経験じゃなくて、類例を見てるから。ああいうのは昔はいたんだよ。今はもう少なくなったな。

——おもんさんなんかは、ほんとにそういう感じですね。

池波　おしまは、あんまりよく書いてない。まだ出てきたばかり。

——今度お書きになったおしまという女の人は、そういうところは……。

池波　だけど戦前にはいくらもいたんですよ。

——おもんというのは、とてもいい……。

池波　そうなんだ。

——一つの理想、夢ですね。

——しかし、あれは男の考える、いい女なんですね。

——おもんさんは、女が見て……まあ、いい女ですよね、いやな女じゃ全然ないし。でも、いつ来るか分からない梅安さん以外に恋人もいなくて、いつも梅安さんを待っている……。

池波　女から見るとそうなんだよ。

――自分がおもんの立場だったら、やっぱり不満だと思いますか。

――不満でしょうね。

――我々から見ると、ああいう人がいないもんかと、読むたびに思いますけどね。

池波　おもんだって内心はあれだけど、辛抱するわけだよ。大体のこと辛抱してるんだから。どんなことだってね。梅安なんかもっと辛抱してるんだから。

――いつも一緒にいて所帯を持ちたいとか、おもんさんは、そういうふうに思わないものでしょうか。

池波　そりゃ思ってるよ。だれだってそれは思うけども……。

――梅安は仕掛人だから……。

池波　梅安だって、こまめに行ってるんだから。死ぬんだときめたのに、瓶《かめ》の中に三百五十両ためてるんだから。自分が死にゃ、おもんに届けるよう、彦次郎に言ってるんだから。所帯を持ったって、梅安と一緒に暮らしたら大変だよ。

――それはそうですね。

――女の人を辛抱させるのに、男がこまめだっていうのは必要ですね。こまめというのがカギですね。

――梅安は体が大きいですけど、なんかマメな感じがしますよね。

池波　マメっていうか、考えてる。

——小説に書かれた以外でも、しょっちゅう行ってるわけですね。(笑)

池波　おれもずいぶん我欲あるけども、男の場合にはある程度、若いころは我を張らないと伸びていかないから。女は我を張ったら駄目だ。我を張らないで、男の言うなりに追従しろというんじゃないんだよ。それは違うんだよ。とにかく、我欲があるといけないな。初めは我欲が全然ない女でも、あぶない星のときに出ちゃうんだよ。男でもそうだからね。だから、あいつは今までよかったのに、いやな野郎になっちゃったというときには、あまり咎めないほうがいいんだよ。そういうときは悪い星に乗ってるんだから。何年かたったらもとに戻ってね、分かるから。まあ、近ごろの女は、家庭に閉じこもって単調でいやだ、だから何かしたいと言うわけだ。男の仕事は単調じゃないかといったら、男の仕事だって単調だろう。会社に出て同じことだろう。てめえだけが単調じゃないんだよ。だけど、何か面白いことがある、何かもっとやりたいことがあるという我欲があるからね、今は。だから何かやりたがるわけだよ。

まあとにかく、今は子供にかかるのが大変なんだよね。大学に行かせるとね。二人もいたら大変だよ。

——大変みたいですね。

——教育投資は引き合わないと分かっていても投資するというのは、どういうことですかね。株にでも投資したほうがずっといいのに、子供に投資したりして。

池波　おれたちは、子供がないからそういうことを言うけどね、子供を持ってる人は、大学だけはどうしても出したいとか言うわけだよ。

――その行き着く先も、今の親には分かってるはずなのに。相変わらず一生懸命、子供にお金をつぎ込んでいるんですね。

池波　子供が応えてくれりゃいいけどね。応えてくれる子供ならいいけどさ。大抵、応えないんだよな、子供は。

――そうですね。

――今の親は期待してるからお金かけるんですかね、お金かけちゃう親は。

――ものすごい池波ファンの、五十年輩の不動産会社の重役がいるんですけどね、池波先生のお書きになったお母さまの話が大好きだと。お母さまが働いていらっしゃるときに、お金が入ったら、とにかく自分だけ鮨屋に行って、働いてるんだからって一人で食べるって。

池波　そういう女がいないわけ。だから珍しがるわけだよ。

――今はいないから。

池波　昔はそういうことが普通ですよ。

――そうですか。

池波　うちの母は今でも言いますよ。おまえたちを育てるために苦労した覚えはないって。

そりゃ苦労はしないですよ。十三まで育てて、弟だっておれだって十三から独立してんだから。弟はおれが面倒を見たけど、学校は一応、十三までだろう。そりゃ手数はかかりゃしないよ。だから、そういうことで苦労したことは一度もないって。

――戦前のおふくろというのはそうですか。

池波　戦前の人はみんなそうじゃない。

――戦争があったから……戦争当時のおふくろはかわいそうですよね、食うや食わずで。

池波　変な話だけど、今の親は子供のために苦労してるよ。

――あなたのためにどれだけやったかと言いそうですね。

――みんな最後に言うんですね。

池波　言う？　うちのおふくろだけじゃなくて、同じ町内にいた女の人たちだってそうだよね、そんなこと言わなかっただろう。そういうこと、ぜったい言わなかったよ。

――江戸時代もどっちかというと低成長で、あまり急激な社会の変化はないから、我欲じゃ駄目だったんですね。欲のない人が……。

池波　それは何も江戸時代に限らずなんだよ。

――梅安さんなんかのシリーズでは特に、非常に欲のある人っていない感じですね。

池波　白子屋みたいなのがいるよ。

――白子屋さんは特別ですね。

池波　権勢欲がある。

――殺《や》られる側の人間ではありますが、彼はそういう感じはしますね。

池波　来月は田島一之助と大チャンバラだ。（注。当時連載中だった「梅安乱れ雲」を話題にしている。）

――雨か雪が降りますでしょうか。

池波　いや、今回は降んないな。何月だろ？　春だろう？　いい天気だから。

――春に、いい天気で、ぽかぽかしてるときじゃないですか。

――ああ、そうですね。冬から春。

――せめて一之助は、梅安に……。

――看取られて？

池波　いや、そこのところが難しいんだ。なかなか看取れるわけない。梅安だって、早く逃げなきゃしようがないでしょう。

――乞うご期待ですね。（笑）

※池波正太郎「梅安余話」は、一九八二年十一月九日に、湯河原の〝海石榴〟で行われたインタビューの速記録から、構成したものです。

『梅安料理ごよみ』（講談社文庫既刊）巻頭にある語り下ろし、「池波正太郎・梅安を語る」のために行われたインタビューでした。佐藤隆介氏の聞き書きで、まとめられています。

本書は、池波正太郎の語り口を、速記録そのままに掲載しました。できるかぎり避けましたが、一部に話題の重複があります。ご了承下さいますように。

インタビューには、佐藤隆介氏の他に、小説現代編集部、文芸出版部、写真部の担当者たちが同席しました。「——」で始まるものは、それらのメンバーたちの発言です。

（一九九三年九月　講談社文庫出版部）

解説

縄田一男

〈仕掛人・藤枝梅安〉シリーズの中で私が好きな短篇の一つに「殺気」（第三集『梅安最合傘』所収）がある。

物語は、目黒不動へ参詣をすませた梅安が、その裏門前にある料理屋〔伊勢虎〕へ立ち寄るところからはじまる。そこで目にしたのが、芝口二丁目の菓子舗・笹屋の後妻おたかの威丈高で傲慢極まりないふるまい——が、梅安にとって忘れられないのは、そのおたかが、今から十五年前、我が子を捨てようとしたところを梅安に見咎《みとが》められ、あたかも「悪魔の手から逃れるように」走り去った女であった、ということなのである。幸い、捨てられた子は、梅安の恩師である鍼医者・津山悦堂の世話で養子先も決まり、今は幸せに暮らしている。当然の如く、梅安のおたかへの怒りには、父親が病死した後、自分を捨て、妹だけを連れて日傭取の男と逃げた実の母親への憎悪が重ね合わされている。特に梅安が許せぬのは、おたかが貰い子を連れていることで、その子を貰う時に、かつて自分が捨てた我が子を思い出さなかったのか、と、おたかを仕掛けたい、という誘惑を抑えることが出来なくなる。

が、梅安がそれをやめたのは、「おたかに手を引かれている貰い子の、いかにもしあわせそうな笑顔が、梅安の殺気を吹き飛ばしてしまった」からに他ならない。そして物語は、仕掛けを断念した梅安が「十五年前、京の、さが野へ捨てた我子を忘れるな。忘れたるときは、いつにても、そのいのちもらいうける」と書かれた紙片をおたかに渡し、彼女を戦慄せしめるところで幕となる。

この仕掛けを行わずして、仕掛人・藤枝梅安の凄みを十二分に描き切った短篇は、作者自身も満足のいくものだったらしく、本作が『代表作時代小説〈昭和五十年度〉』に収録された際、「『殺気』は、仕掛人シリーズ中の、ごく短かいもので、この小品では人の血を一滴も見せぬつもりで書いた。／それでいて、仕掛人・藤枝梅安の感じを出すことが、なかなかにむずかしかったが、できあがってみると、割合に、自分でも気に入ったものになった」との言葉を寄せている。

実際、原稿用紙にして五十枚ほどであろうか、このシリーズ中、最も短い作品に漲る殺気は凄まじいもので、それでいて作者のいうごとく作中には一滴の血も流れない。しかしながら、その一方で、殺気は梅安の抜きさしならぬ過去とつながり、この男の過去と現在、更には、仕掛人としての哀しい生きざまを浮かび上らせずにはおかぬのだ。そして、今一度、この作品のラストを考えてみると、それは、今、梅安の記した仕掛人としての哀しい生きざまと密接に結びついているように思われてならないのである。彼は物語のラストでおたかを地獄へ送るのを思いとどまる——しかしながら、これはよく考えてみれば、おたかばかりではない。梅安自身を地獄へ送ることを思いとどまる行為ではなかったか。

つまりは、こういうことである。仕掛人とは、金で殺しを請け負う非道な稼業に他ならない。その仕掛けに従事する闇の住人が、唯一、心の支えとしているのが殺す相手が「世の中に生かしておいては、ためにならぬやつ」である、という一事。これが池波正太郎謂うところの本格の仕掛人が守る矜持であり、作者の他の作品から言葉を変えて引用するならば「人間、落ちるところへ落ちてしまっても、何かこう、この胸の中に、たよるものが欲しいのだねえ」「いえば看板みたいなものさ」(「白波看板」)ということになる。しかしながら、この世の中のためにならない奴を殺す、という仕掛人の看板、実は大変な危険をはらんだ代物なのではあるまいか。本シリーズの愛読者にとっては、いわずもがな、のことながら、梅安や彦次郎ら「いったん踏みこんだ者は、もはや、そこから足をぬくことが絶対に出来ぬ」(「梅安蟻地獄」)仕掛人となった者たちは、各々、そうならずにはいられなかった暗い過去を背負っている。そんな者たちにとって、前述の看板は、もしかしたら、己れの生の根幹に関わる暗い愉悦につながる可能性を持ったものなのではないのか、と思われるのである。

池波正太郎はシリーズ第一集『殺しの四人』のあとがきで「この〔シリーズ〕を読者が好んで下さるのは、仕掛人の梅安や彦次郎を通じて／『人間は、よいことをしながら悪いことをし、悪いことをしながらよいことをしている』／という主題を強調し、血なまぐさい殺しの仕事をはなれたときの、彼らの日常生活を書きこんだ故かもしれぬ」と記している。確かにその通りで、梅安も彦次郎も、作中、そうした矛盾については深く考えぬことにし、作者自身も「世の中の仕組みは、すべて矛盾から成り立っている。／これは絶対のことで、未来永劫変るまい」（「春雪仕掛針」）といい切っている。しかしながら、梅安の仕掛針は、或いは彦次郎の吹矢は、裏の世界から表の世界の帳尻を合わせる、という点で、たとえ、一瞬ではあっても、世の中の矛盾を一掃し得る力を持っているのではないのか。だからこそ怖ろしいのである。仕掛人が欲得抜きで仕掛けを行うのは――。もし仕掛人が己れが正義の代行者であるかのような錯覚をおぼえ、たとえ悪人であっても他者の運命を弄ぶような暗い愉悦にひたり続けるならば、彼を待っているのは破滅でしかないだろう。仕掛人にとっての自戒があるとするならば、それは前述の看板と欲得ずくでしか仕掛けをやらぬこと、そして更にいえば、自らの行為に対しておののき続けることしかないのではあるまいか。で、あるからこそ、私情による仕掛けはあくまでも回避されなければならないのである。それは恐ろしいほど徹底しており、「梅安初時雨」（『梅安蟻地獄』所収）で、故郷・藤枝を訪れた梅安は、貰い子の小僧・富公（その姿には少年時の梅安が投影されている）をいじめ殺した炭屋の主人・茂平を憤怒にかられて殺そうとする。が、それも一瞬のこと。前述の如く、仕掛人は欲得ずくで人は殺す。だが、手前が世の中をただすなどとは微塵も思い上ってはならぬのだ。そう考えると、〔起こり〕→〔蔓〕→〔仕掛人〕という手順で行われる殺しのルートも、秘密保持のためばかりでなく、殺しの実行者に一片の情もさしはさませぬための仕組みである、といえるのかもしれない。

ここに、善と悪とのスリリングな均衡の上に身を置く仕掛人をめぐる物語の醍醐味が生まれることになるわけだが、そうはいっても仕掛人とて人間である。稀には頼まれもせぬ仕掛けをやってのけることもある。一例を挙げれば、「闇の大川端」（第二集『梅安蟻地獄』所収）で、音羽の半右衛門が梅安に命じた余分な殺しは、半右衛門なりに理に叶っていたものではあるのだが、次なる「梅安鰹飯」（第三集『梅安最合傘』所収）で依頼人の疑心暗鬼を招き、更なる殺しを招かねば収拾がつかぬ有様になってしまうのである。暗黒街の住人が正義にかかわるとロクなことがない——が、世の中には、そうしたアウトローたちでさえ嘔吐を催しかねない現実が存在するのも事実である。それを代表するのが、縄張り争い、本シリーズの後半のメインともなる大坂の元締め白子屋菊右衛門との抗争であろう。菊右衛門といえば、かつては『鬼平犯科帳』にも登場、自分と医師・中村宗仙との男同志の約束を踏みにじった配下を葬り、長谷川平蔵をして「『白子め、やるのう』」（「麻布ねずみ坂」）とまでいわしめたおとこだったものである。それが、本シリーズのいわば第三の男ともいうべき小杉

十五郎の扱いをめぐって梅安と対立、はじめは私恨から起こった殺し合いであったものが、

次第に権勢欲にかられて江戸進出を目論むようになるのである。私たちは、ここに、あの白

子屋が、と思うのと同時に、人間は、いつ、どんな風に変わるか分からぬものだ、という作

者の声を聞く思いがする。

そして、これは計算されたものかどうかは分からないが、梅安が今や、悪の権化となって

しまった命の恩人を彦次郎と共同で倒す「梅安最合傘」や、恩師・津山悦堂を裏切った浪人

を仕掛けようとするや、意外な敵討ちに話が発展する「梅安雨隠れ」（第五集『梅安乱れ

雲』）等、梅安が欲得抜きで仕掛けをする話が増えれば増えるほど、梅安と白子屋一派との

泥沼の抗争も深まっていったような気がしてならないのである。特に後者は、池波正太郎の

師・長谷川伸のライフワークの一つが敵討ち研究であっただけに、物語のラストで梅安が亡

き悦堂に「（悦堂先生。これでようございましたろうか？）」と語りかける場面は、作者の内

なる師への問いかけのようにも思えるのである。作者は、シリーズ第二話の「殺しの四人」

が第五回小説現代読者賞に選ばれた際に、「読者諸氏にえらばれたということは、作者冥利

に尽きるというものである。／今度の読者賞を受けたのを機会に、私は、これからやってみ

たいとおもう仕事へ手をかけることに、勇気づけられている」と記しているが、後に種々の

インタビューに答えて、『鬼平犯科帳』や『剣客商売』に較べて『仕掛人・藤枝梅安』がい

ちばん骨が折れると答えているが、それはひとえに仕掛人という、梅安の職業の持つ特殊さ

故であろう。善でもなく悪でもなく、人間という生きものの矛盾の体現者であり、一掃者——それを描き切るためには、前述の「梅安雨隠れ」のように作者自ら「割合に自分でも気持ちよく書けた」(『代表作時代小説（昭和五十七年度）』収録時の作者のことば）というような、後味のよい番外篇的な作品も必要であったのだろうし、それを書いて作者は再びいつ果てるともなく続く暗黒街の抗争へと梅安を送り出していったのではあるまいか。そして両者の振幅の中から作者は七冊の梅安の物語を私たちに残してくれた。

本書『梅安冬時雨』は、その最後の一巻で「小説現代」平成二年十二月号から三年四月号にかけて連載されるも、作者の死により中絶、三年六月、講談社から刊行された。菊右衛門亡き後の白子屋の残党と梅安との暗闘を描いたもので、これまでにない展開が見られ、読者をハッとさせる。その最も顕著なものは、梅安に見られる〝老い〟であろう。「仕掛人で、長生きをしたやつがいただろうかね」(「殺しの四人」)とは、シリーズの当初からいわれている台詞だが、おもんと別れを告げ、生身の女で安息を得る代わりに自分の家を建てることに夢中になり、『私はもう、小杉さんに人を斬らせたくないのですよ』」、といいつつも、「その声には、十五郎を、というよりも、自分をいたわっているような響きがこもっていた」梅安。そこには、明らかな疲労がうかがえるし、今となっては作者の死を知っているだけに、暗い予感がつきまとうのは否めない。いずれにせよ、梅安のような仕掛人が尋常な生を全うするとは考えられない。とすれば、藤枝梅安は、作者の死によって生命を拾った、まったくもって悪運の強い男なのではないのか――少なくとも私はそう考えることにしている。

本文庫に収録された作品のなかには、今日の観点からみると差別的表現ととられかねない箇所があります。しかし作者の意図は、決して差別を助長するものではないこと、作品自体のもつ文学性ならびに芸術性、また著者がすでに故人であるという事情に鑑み、表現の削除、変更はあえて行わず底本どおりの表記としました。読者各位のご賢察をお願いします。

〈編集部〉

本書は、『完本池波正太郎大成15　仕掛人・藤枝梅安』（一九九九年二月小社刊）を底本としました。

|著者|池波正太郎　1923年東京都生まれ。『錯乱』にて第43回直木賞を受賞。『殺しの四人』『春雪仕掛針』『梅安最合傘』で3度小説現代読者賞を受賞。「鬼平犯科帳」「剣客商売」「仕掛人・藤枝梅安」を中心とした作家活動により、第11回吉川英治文学賞を受賞したほか『市松小僧の女』で第3回大谷竹次郎賞を受賞。「大衆文学の真髄である新しいヒーローを創出し、現代の男の生き方を時代小説の中に活写、読者の圧倒的支持を得た」として第36回菊池寛賞を受けた。1990年5月、67歳で逝去。

新装版《しんそうばん》 梅安冬時雨《ばいあんふゆしぐれ》 仕掛人《しかけにん》・藤枝梅安《ふじえだばいあん》（七）

池波正太郎《いけなみしょうたろう》

2001年7月15日第1刷発行
2010年6月15日第29刷発行

発行者――鈴木　哲
発行所――株式会社　講談社
東京都文京区音羽2-12-21　〒112-8001
電話　出版部（03）5395-3510
　　　販売部（03）5395-5817
　　　業務部（03）5395-3615
Printed in Japan

講談社文庫
定価はカバーに
表示してあります

デザイン―菊地信義
製版――凸版印刷株式会社
印刷――豊国印刷株式会社
製本――株式会社千曲堂

落丁本・乱丁本は購入書店名を明記のうえ、小社業務部あてにお送りください。送料は小社負担にてお取替えします。なお、この本の内容についてのお問い合わせは文庫出版部あてにお願いいたします。

ISBN4-06-273193-2

講談社文庫刊行の辞

二十一世紀の到来を目睫に望みながら、われわれはいま、人類史上かつて例を見ない巨大な転換期をむかえようとしている。

世界も、日本も、激動の予兆に対する期待とおののきを内に蔵して、未知の時代に歩み入ろうとしている。このときにあたり、創業の人野間清治の「ナショナル・エデュケイター」への志を現代に甦らせようと意図して、われわれはここに古今の文芸作品はいうまでもなく、ひろく人文・社会・自然の諸科学から東西の名著を網羅する、新しい綜合文庫の発刊を決意した。

激動の転換期はまた断絶の時代である。われわれは戦後二十五年間の出版文化のありかたへの深い反省をこめて、この断絶の時代にあえて人間的な持続を求めようとする。いたずらに浮薄な商業主義のあだ花を追い求めることなく、長期にわたって良書に生命をあたえようとつとめるところにしか、今後の出版文化の真の繁栄はあり得ないと信じるからである。

同時にわれわれはこの綜合文庫の刊行を通じて、人文・社会・自然の諸科学が、結局人間の学にほかならないことを立証しようと願っている。かつて知識とは、「汝自身を知る」ことにつきていた。現代社会の瑣末な情報の氾濫のなかから、力強い知識の源泉を掘り起し、技術文明のただなかに、生きた人間の姿を復活させること。それこそわれわれの切なる希求である。

われわれは権威に盲従せず、俗流に媚びることなく、渾然一体となって日本の「草の根」をかたちづくる若く新しい世代の人々に、心をこめてこの新しい綜合文庫をおくり届けたい。それは知識の泉であるとともに感受性のふるさとであり、もっとも有機的に組織され、社会に開かれた万人のための大学をめざしている。大方の支援と協力を衷心より切望してやまない。

一九七一年七月

野間省一

天野　宏　〈薬好き日本人のための〉薬の雑学事典
五木寛之　ソフィアの秋
五木寛之　狼のブルース
五木寛之　海峡物語
五木寛之　風花のひと
五木寛之　鳥の歌(上)(下)
五木寛之　燃える秋
五木寛之　真夜中の望遠鏡〈流されゆく日々'78〉
五木寛之　ナホトカ青春航路〈流されゆく日々'79〉
五木寛之　海の見える街にて〈流されゆく日々'80〉
五木寛之　改訂新版 青春の門 全六冊
五木寛之　新装決定版 青春の門 筑豊篇(上)(下)
五木寛之　旅の幻燈
五木寛之　他力
五木寛之　こころの天気図
五木寛之　新装版 恋歌
五木寛之　百寺巡礼 第一巻 奈良
五木寛之　百寺巡礼 第二巻 北陸
五木寛之　百寺巡礼 第三巻 京都Ⅰ
五木寛之　百寺巡礼 第四巻 滋賀・東海
五木寛之　百寺巡礼 第五巻 関東・信州
五木寛之　百寺巡礼 第六巻 関西
五木寛之　百寺巡礼 第七巻 東北
五木寛之　百寺巡礼 第八巻 山陰・山陽
五木寛之　百寺巡礼 第九巻 京都Ⅱ
五木寛之　百寺巡礼 第十巻 四国・九州
井上ひさし　モッキンポット師の後始末
井上ひさし　ナイン
井上ひさし　四千万歩の男 全五冊
井上ひさし　四千万歩の男 忠敬の生き方
井上ひさし　ふふふ
井上ひさし　司馬遼太郎　国家・宗教・日本人
池波正太郎　私の歳月
池波正太郎　よい匂いのする一夜
池波正太郎　梅安料理ごよみ
池波正太郎　田園の微風
池波正太郎　新 私の歳月
池波正太郎　おおげさがきらい
池波正太郎　わたくしの旅
池波正太郎　わが家の夕めし
池波正太郎　新しいもの古いもの
池波正太郎　作家の四季
池波正太郎　新装版 緑のオリンピア
池波正太郎　新装版 殺しの四人〈仕掛人・藤枝梅安㈠〉
池波正太郎　新装版 梅安蟻地獄〈仕掛人・藤枝梅安㈡〉
池波正太郎　新装版 梅安最合傘〈仕掛人・藤枝梅安㈢〉
池波正太郎　新装版 梅安針供養〈仕掛人・藤枝梅安㈣〉
池波正太郎　新装版 梅安乱れ雲〈仕掛人・藤枝梅安㈤〉
池波正太郎　新装版 梅安影法師〈仕掛人・藤枝梅安㈥〉
池波正太郎　新装版 梅安冬時雨〈仕掛人・藤枝梅安㈦〉
池波正太郎　新装版 近藤勇白書(上)(下)
池波正太郎　新装版 忍びの女(上)(下)
池波正太郎　新装版 まぼろしの城
池波正太郎　新装版 殺しの掟
池波正太郎　新装版 抜討ち半九郎
池波正太郎　新装版 剣法一羽流
池波正太郎　新装版 若き獅子

講談社文庫 目録

講談社文庫　目録

いしいしんじ　プラネタリウムのふたご
伊藤たかみ　アンダー・マイ・サム
池永　陽　指を切る女
池永　陽　雲を斬る
井川香四郎　冬の蝶〈梟与力吟味帳〉
井川香四郎　日照り草〈梟与力吟味帳〉
井川香四郎　忍《すい》冬《かずら》〈梟与力吟味帳〉
井川香四郎　花《はな》詞《ことば》〈梟与力吟味帳〉
井川香四郎　雪の花火〈梟与力吟味帳〉
井川香四郎　鬼《き》雨《う》〈梟与力吟味帳〉
井川香四郎　科《しな》戸《と》の風〈梟与力吟味帳〉
井川香四郎　紅《くれない》の露〈梟与力吟味帳〉
伊坂幸太郎　チルドレン
伊坂幸太郎　魔王
岩井三四二　逆ろうて候
岩井三四二　戦国連歌師
岩井三四二　銀閣建立
岩井三四二　竹千代を盗め
絲山秋子　逃亡くそたわけ

絲山秋子　袋小路の男
絲山秋子　絲的メイソウ
石黒　耀　死都日本
石黒　耀　震災列島
石井睦美　レモン・ドロップス
犬飼六岐　筋違い半介
石川大我　ボクの彼氏はどこにいる?
石松宏章　マジでガチなボランティア
内田康夫　死者の木霊《こだま》
内田康夫　シーラカンス殺人事件
内田康夫　パソコン探偵の名推理
内田康夫　「横山大観」殺人事件
内田康夫　漂泊の楽人
内田康夫　江田島殺人事件
内田康夫　琵琶湖周航殺人歌
内田康夫　夏泊殺人岬
内田康夫　平城山《ならやま》を越えた女
内田康夫　「信濃の国」殺人事件
内田康夫　鐘

内田康夫　風葬の城
内田康夫　透明な遺書
内田康夫　鞆《とも》の浦《うら》殺人事件
内田康夫　箱庭
内田康夫　終幕《フィナーレ》のない殺人
内田康夫　御堂筋殺人事件
内田康夫　記憶の中の殺人
内田康夫　北国街道殺人事件
内田康夫　蜃気楼
内田康夫　「紅藍《くれない》の女《ひと》」殺人事件
内田康夫　「紫《むらさき》の女《ひと》」殺人事件
内田康夫　藍色回廊殺人事件
内田康夫　明日香の皇子
内田康夫　伊香保殺人事件
内田康夫　不知火《しらぬい》海《かい》
内田康夫　華の下にて
内田康夫　博多殺人事件
内田康夫　中央構造帯(上)(下)
内田康夫　黄金の石橋

講談社文庫　目録

講談社文庫　目録

遠藤周作　最後の殉教者
遠藤周作　反　逆(上)(下)
遠藤周作　ひとりを愛し続ける本
遠藤周作　深い河《ディープ・リバー》
遠藤周作　周作塾〈読んでもタメにならないエッセイ〉
遠藤周作　『深い河』創作日記
江波戸哲夫　小説盛田昭夫学校(上)(下)
衿野未矢　依存症の女たち
衿野未矢　依存症の男と女たち
衿野未矢　依存症がとまらない
衿野未矢　「男運の悪い」女たち
衿野未矢　男運を上げる15歳ヨリウエ男〈悩める女の厄落とし〉
衿野未矢　恋は強気な方が勝つ！
R・アンダーソン　江國香織訳　荒井良二画　レターズ・フロム・ヘヴン
江上　剛　頭取無惨
江上　剛　不当買収
江上　剛　小説金融庁
江上　剛　絆
江上　剛　再　起

大江健三郎　新しい人よ眼ざめよ
大江健三郎　宙　返　り(上)(下)
大江健三郎　取り替え子《チェンジリング》
大江健三郎　鎖国してはならない
大江健三郎　言い難き嘆きもて
大江健三郎　憂い顔の童子
大江健三郎　河馬に噛まれる
大江健三郎　キルプの軍団
大江健三郎　M/Tと森のフシギの物語
大江健三郎　治　療　塔
大江健三郎　治療塔惑星
大江健三郎　さようなら、私の本よ！
大江健三郎・文　大江ゆかり・画　恢復する家族
大江健三郎・文　大江ゆかり・画　ゆるやかな絆
小田　実　何でも見てやろう
大橋　歩　おしゃれする
大石邦子　この生命ある限り
沖　守弘　マザー・テレサ〈あふれる愛〉
岡嶋二人　焦茶色《こげちゃ》のパステル

岡嶋二人　七年目の脅迫状
岡嶋二人　あした天気にしておくれ
岡嶋二人　開けっぱなしの密室
岡嶋二人　とってもカルディア
岡嶋二人　チョコレートゲーム
岡嶋二人　ビッグゲーム
岡嶋二人　ちょっと探偵してみませんか
岡嶋二人　記録された殺人
岡嶋二人　ツァラトゥストラの翼〈スーパー・ゲーム・ブック〉
岡嶋二人　そして扉が閉ざされた
岡嶋二人　どんなに上手に隠れても
岡嶋二人　タイトルマッチ
岡嶋二人　解決まではあと6人〈5W1H殺人事件〉
岡嶋二人　なんでも屋大蔵でございます
岡嶋二人　眠れぬ夜の殺人
岡嶋二人　珊瑚色ラプソディ
岡嶋二人　クリスマス・イヴ
岡嶋二人　七日間の身代金
岡嶋二人　眠れぬ夜の報復

2010年3月15日現在